DANIEL WISSER

LÖWEN IN DER EINÖDE

ROMAN

KAMPA

Die Originalausgabe erschien 2017 im Verlag Jung und Jung, Salzburg.

Für den Blick hinter die Verlagskulissen:
www.kampaverlag.ch/newsletter

KAMPA POCKET
DIE ERSTE KLIMANEUTRALE TASCHENBUCHREIHE
Gedruckt auf säurefreiem und chlorfrei gebleichtem Papier zur Unterstützung verantwortungsvoller Waldnutzung, zertifiziert durch das Forest Stewardship Council. Der Umschlag enthält kein Plastik. Kampa Pockets werden klimaneutral gedruckt, kampaverlag.ch/nachhaltig informiert über das unterstützte CO_2-Kompensationsprojekt.

Veröffentlicht im September 2025 als Kampa Pocket
Eine Koproduktion der Verlage Kampa und Jung und Jung

Hegibachstrasse 2, CH-8032 Zürich
info@kampaverlag.ch
GPSR-Kontakt: Schöffling & Co. Verlagsbuchhandlung GmbH,
Kaiserstraße 79, D-60329 Frankfurt am Main
info@schoeffling.de

Covergestaltung: Lara Flues, Kampa Verlag
Covermotiv: © Daryna Zaichenko
Gesetzt aus der Minion Pro / 1. Auflage 2025
Druck und Bindung: GGP Media GmbH, Pößneck
ISBN 978 3 311 15124 1

www.kampaverlag.ch

1. Meinte er

Lange hatte Michael Braun geglaubt, seine Mutter sei nicht in der Lage, ein SMS zu schreiben. War sie aber. *Bitte besuche Onkel Kurt bald, er lebt nicht mehr lang*, so schrieb sie. Und das nach Mitternacht. Silvia war noch wach: »Was ist denn los?« Braun antwortete nicht. Er stirbt also, dachte er und schlief ein.

»Frag jetzt nicht, wie es mir geht«, sagte Onkel Kurt. Eine Krankenschwester kam. Sie bückte sich nach der Harnflasche, die an der Seite des Betts hing. Dabei konnte Braun im weißen Kasack den Ansatz ihrer Brüste sehen. Es waren schöne Brüste. Die Krankenschwester war überhaupt schön, ihre Hautfarbe dunkel. Das gefiel Braun. Leider verließ sie das Zimmer gleich wieder.

»Kann ich dir etwas bringen? Brauchst du irgendetwas?« Onkel Kurt blickte an die Decke: »Eine Pistole, bring mir eine Pistole!«

Braun fragte sich, wie lange man bei einem Kranken bleiben musste, um nicht unhöflich zu sein. Eine Stunde? Dann war er hier noch lange nicht fertig.

Er ging aufs WC, um zwei, drei Minuten herauszuschinden. Auf dem Gang hielt er Ausschau nach der schönen Krankenschwester. Er blickte in offene Krankenzimmer und durch die Glasscheibe des

Stationsstützpunkts. Von der Schwester keine Spur. Auf dem WC desinfizierte er seine Hände und stellte fest, dass er den Geruch des Desinfektionsmittels mochte. Eigentlich mochte er alles hier, außer dass er neben Onkel Kurt sitzen musste. Braun hatte kein Mitleid mit Onkel Kurt. Onkel Kurt war sechsundachtzig Jahre alt, und er war ein Lügner. Braun ging zurück ins Krankenzimmer.

»Silvia ist nicht gekommen?«, fragte Onkel Kurt. Eigentlich war es keine Frage, sondern ein Vorwurf. Immerhin hatte er sich Silvias Namen gemerkt, sein Gedächtnis schien also noch zu funktionieren. Braun hatte Onkel Kurt als Kind gerne gemocht. Allerdings nur bis zum 4. November 1978.

Irgendwann im Sommer 1978 war Braun mit Onkel Kurt im Auto gefahren, er erinnerte sich nicht mehr, wohin. Das war auch unwichtig. Wichtig war, dass Onkel Kurt während der Fahrt erklärt hatte, dass er die Proteste gegen die Inbetriebnahme des Kernkraftwerks Zwentendorf für Unsinn halte. Erstens wäre der Bau des Kraftwerks zehn Jahre davor von allen Parteien einstimmig beschlossen worden. Zweitens brauche man zur Modernisierung des Landes eben Strom. Und drittens sei Atomstrom der sauberste Strom, meinte er. Die Schweden hätten mehrere Atomkraftwerke, und Schweden sei schließlich das modernste und umweltbewussteste Land der Welt.

Braun gefiel, was Onkel Kurt sagte. Für das Kraftwerk sein, das war neu. Denn in der Sache Zwentendorf waren sogar die Lieglers, die Nachbarn der Familie Braun, mit den Eltern einer Meinung. Braun merkte sich, was Onkel Kurt gesagt hatte.

Als Onkel Kurt am 4. November 1978 zu Besuch kam, wurde beim Abendessen über die Volksabstimmung diskutiert, die am nächsten Tag stattfinden und über die friedliche Nutzung der Kernenergie und somit über die Inbetriebnahme des Atomkraftwerks Zwentendorf entscheiden sollte. Braun mischte sich ein und wiederholte, was Onkel Kurt im Sommer im Auto gesagt hatte: Erstens hätten alle Parteien den Bau dieses Kraftwerks einstimmig beschlossen, zweitens brauche man Strom, wenn man das Land modernisieren wolle. Und drittens sei Atomstrom der sauberste Strom, meinte er. Die Schweden hätten mehrere Atomkraftwerke, und Schweden sei doch das modernste und umweltbewussteste Land der Welt, meinte er.

Die Mutter und der Vater sahen einander an. Der Vater war bestürzt, die Mutter schüttelte den Kopf. Braun war nicht beunruhigt, denn er meinte, Onkel Kurt werde sich sogleich zu Wort melden und seine Meinung verteidigen. Doch Onkel Kurt aß und schwieg.

»Woher er das wohl hat?«, fragte die Mutter. »Von uns bestimmt nicht«, antwortete der Vater. Und nachdem Onkel Kurt endlich hinuntergeschluckt hatte, sagte er: »Ach, Kinder schnappen überall etwas auf.« Und im nächsten Satz kündigte Onkel Kurt an, selbstverständlich gegen das Kraftwerk zu stimmen.

Wieder betrat die Krankenschwester den Raum. Onkel Kurt ignorierte sie oder schien sie gar nicht gesehen zu haben. »Bring mir eine Pistole! Ich will sterben. Nein, ich will tot sein.« Wie lang würde er wohl bei seiner Meinung bleiben? »Reden Sie schon wieder vom Sterben?«, fragte die Krankenschwester. Sie sagte das in akzentfreiem Deutsch. Braun überlegte, woher sie wohl stammte. Sie stellte sich neben das Bett und schaute Onkel Kurt sehr lange in die Augen. Sie wendete den Blick nicht ab. Das gefiel Braun. Sie war klein. Das gefiel Braun. Sie lächelte. Das gefiel Braun. Alles an ihr gefiel ihm. »Sterben Sie vor dem Abendessen?«, fragte die Krankenschwester und lachte. Da Onkel Kurt nicht antwortete, ging sie aus dem Zimmer. Im Gehen rief sie noch: »Dann bringe ich Ihnen das Abendessen vorsichtshalber doch!« Halb Kubanerin, halb Wienerin sei sie, sagte Onkel Kurt. Es war der einzig schöne Satz, den er an diesem Tag sagte. Doch die Krankenschwester hatte das Zimmer bereits verlassen, und Braun nahm sich vor, noch zehn Minuten zu bleiben und dann ebenfalls zu gehen.

Braun erinnerte sich genau daran, wie ihn die Mutter, nachdem Onkel Kurt gegangen war, zu Bett brachte, am 4. November 1978. Braun hatte kaum mehr gesprochen, das hatte die Mutter vielleicht bemerkt. »Was ist denn mit dir los, wirst du krank«, fragte sie. »Ich will, dass Onkel Kurt stirbt«, sagte Braun. Die Mutter wies ihn zurecht, so etwas dürfe man nicht sagen. Und auch nicht denken. Aber sie blieb dabei sanft und streichelte seinen Kopf. »Was hast du denn gegen Onkel Kurt?«, fragte sie. »Er lügt«, antwortete Braun. »Aber deswegen wünscht man doch niemand den Tod!«

»Wie heißt die Kubanerin?«, fragte Braun. Onkel Kurt tat zuerst so, als habe er nicht zugehört. Nach einer Weile aber sagte er: »Maria oder Pia oder so ähnlich.« Und dann beklagte Onkel Kurt das nachlassende Gedächtnis.

»Wie hast du denn damals bei Zwentendorf gestimmt? Dafür oder dagegen?«, fragte Michael Braun. Onkel Kurt griff nach der Steuerung des Betts und richtete die Rückenlehne ein Stück auf. »Das ist lange her. Wann war das?«, fragte er. »Am 5. November 1978«, antwortete Braun. Onkel Kurt nickte: »Du hast ein gutes Gedächtnis – du hattest schon immer ein gutes Gedächtnis!« Braun wiederholte: »Wie hast du gestimmt?« Onkel Kurt dachte nicht lange nach: »Dagegen. Ich bin immer gegen die Atomkraft gewesen.«

Wenige Minuten später ging Braun. Als er am Stationsstützpunkt vorbeikam, sah er an einer Pinnwand das Organigramm der Station. Er entdeckte die kubanische Schwester: Mia Wertmann. Also doch nicht Maria oder Pia. Das Foto schien sehr alt zu sein. So sieht sie gar nicht aus, dachte Braun.

Zwei Tage später ging der Todeswunsch in Erfüllung. Die Mutter rief an. Braun war gerade in der Dusche. Silvia sagte es ihm, als er aus dem Badezimmer kam: »Dein Onkel ist gestorben.« Und so sah Michael Braun die Krankenschwester Mia Wertmann – halb Kubanerin, halb Wienerin – nicht mehr wieder.

2. Kowaljonok

Sie gehen. Sie kommen an. Sie werden begrüßt. Sie legen die Mäntel ab. Michael Braun ist nur seiner Freundin Gudrun zuliebe mitgekommen. Als er sich vorstellt, sieht er die Gastgeberin grinsen.

Michael Braun mag seinen Namen nicht. Weder den Vornamen mit dem Erzengelgeschmack noch den Nachnamen. Hört er die Namen anderer Menschen, empfindet er Neid. Er stellt es sich tröstlich vor, einem anderen Michael Braun zu begegnen. Das ist nicht unmöglich. Über zwanzig davon soll es allein in seiner Heimatstadt geben. Von manchen erhält er hin und wieder irrtümlich die Post und kennt daher ihre Hobbys und Lesegewohnheiten. Jetzt aber ist es so weit, und er muss feststellen, dass die Vorstellung anders ist als die Wirklichkeit.

Im kleinen Korridor zwischen Badezimmer und Küche bekommt Braun von der Gastgeberin das erste Getränk überreicht. Braun gefällt es, dass man von diesem Punkt aus durch eine lange Flucht von drei großen Räumen sehen kann. Als er von der Gastgeberin Braun II genannt wird, lacht er darüber nicht.

Bald wird ihm der andere Michael Braun vorgestellt. Ein sehr kurzes Gespräch folgt, in dem Braun erfährt, dass der andere Michael Braun beim Meldeamt arbeitet. Bestimmt kennt er alle Michael Brauns dieses Landes. Daraufhin lenkt Michael Braun seine Schritte durch die geräumige Wohnung immer so, dass er dem anderen Braun nicht ein zweites Mal begegnen muss. Bis Mitternacht geht es ohnehin um nichts anderes als Trinken und Essen und Herumstehen. Braun macht sich unsichtbar, soweit das möglich ist.

Etwas später, in der Küche, entdeckt Braun die Frau mit dem schönsten Nacken der Welt. Er steht hinter ihr. Die dunkle Haut gefällt ihm. Aus dem Haarband haben sich einige kurze Strähnen gelöst, die sich über dem Nacken zu kleinen schwarzen Locken zusammengerollt haben. Braun erschrickt, als die Frau sich plötzlich zu ihm umdreht. »Entschuldigung, Sie wollen zum Kühlschrank«, sagt sie und macht einen Schritt zur Seite.

Wie sie ihn hinter sich sehen konnte, bevor sie sich umdrehte, kann er nicht erklären. Und doch hat er eine Ahnung. Michael Braun spielte schon im Alter von dreizehn Jahren in der Landesliga. Er galt in seiner Jugend als Fußballwunderkind. Damals gab es einen Schiedsrichter, der Simon hieß. Wahrscheinlich mit Nachnamen, aber das wusste man nicht genau. Simon ist ein schönerer Vorname als Michael. Simon ist ein schönerer Nachname als Braun. Jedenfalls sagte man über diesen Simon, dass er ein drittes Auge in der rechten Schulter habe, mit dem er die Fouls hinter seinem Rücken sehen könne. Wenn ihm die Mannschaftskapitäne während des Spiels auf die Schulter klopften, meinten sie das oft nicht freundlich, sondern versuchten, Simons drittes Auge zu treffen.

Braun würde der Frau mit dem Nacken gerne antworten, doch genau in diesem Moment kommt Gudrun in die Küche. »Holst du Bier? Dann gib mir bitte auch gleich eines«, sagt Gudrun.

Zu Mitternacht das Übliche. Es wird mit Champagner angestoßen. Auch die beiden Michael Brauns prosten einander zu. Braun tanzt mit Gudrun Walzer, man betrachtet von der Terrasse aus die Feuerwerke der Stadt, die in diesem Jahr bescheidener ausfallen als sonst, und setzt sich dann zum Bleigießen ins Wohnzimmer.

Darauf zu warten, dass das Blei im Löffel schmilzt, ist aufreibend. Noch aufreibender ist es, dass alle Umsitzenden Anweisungen geben, wie der Löffel zu halten ist, damit es schneller geht. Abseits davon beobachtet Braun, wie der andere Michael Braun sich von der Gastgeberin verabschiedet, zur Garderobe geht und dort nach seinem Mantel sucht. Die Frau mit dem schönen Nacken kommt auf ihn zu. Es folgt eine längere Unterhaltung. Braun vermutet, dass sie streiten, aber er kann kein Wort verstehen. Der andere Michael Braun ist irgendwann angezogen und will an der Frau vorbei. Sie macht einen Schritt zur Seite, um sich ihm in den Weg zu stellen. Sie muss wirklich einmal Schiedsrichterin gewesen sein. Braun würde es nicht wundern, wenn sie aus ihrer Hosentasche eine rote Karte zöge. Doch sie trägt einen Rock.

Das Paar diskutiert weiter. Ein Zeigefinger wird gehoben. Der andere Michael Braun schüttelt den Kopf. Die Frau lässt ihn stehen, ohne sich noch einmal umzudrehen. Der andere Michael Braun wartet und schüttelt lange den Kopf. Dann geht er zur Tür und verlässt die Wohnung. Niemand außer Braun bemerkt, dass er fort ist.

Als lange nach Mitternacht nach einem Gin Tonic verlangt wird, bietet Braun an, die Drinks zu mixen. Die Gastgeberin zeigt ihm, dass sich die Zutaten in dem kleinen Korridor vor dem Badezimmer befinden. Braun schneidet Zitronen, denn eine Gurke kommt ihm nicht in den Gin Tonic, füllt Eis in die Gläser, leert den Gin mit Augenmaß auf die Eiswürfel und toppt mit Tonic. Mit jedem Glas macht er eines für sich selbst und leert es in ein oder zwei Schlucken.

Die Gastgeberin kommt, um die Getränke zu holen, und bedankt sich für Brauns Hilfe. Braun hat ihren Namen vergessen, das ist ihm unangenehm. Glücklicherweise geht sie gleich wieder, und als sie weg ist, sieht er am Ende der langen Flucht von drei Zimmern die Frau mit dem schönen Nacken. Sie steht mit dem Rücken zu ihm. Die Entfernung zwischen beiden beträgt bestimmt zwölf Meter, doch

Braun ist jetzt mutig genug, um ein Experiment durchzuführen.

Braun winkt der Frau zu. Sie hat schließlich ein Auge auf der Schulter, mit dem sie ihn sehen kann. Tatsächlich dreht sie sich sofort darauf um, und Braun winkt sie mit einer Geste des rechten Zeige- und Mittelfingers zu sich. Sie geht sofort auf ihn zu. Sie steht vor ihm. »Gin Tonic?« – »Nein, danke«, sagt sie. »Wie heißt du?« – »Silvia«, sagt sie. »Und du bist Michael.« Braun ist erleichtert. Immerhin hat sie seinen Nachnamen nicht ausgesprochen.

»Ich würde dich gerne küssen«, sagt Braun. »Ich bin verheiratet«, sagt Silvia. »Das macht nichts«, sagt Braun. Silvia lacht. »Wem macht das nichts?«, fragt sie. »Nur einmal«, sagt Braun, »nur einmal küssen.« Silvia kommt noch einen Schritt auf ihn zu. Braun küsst sie. Zuerst berühren sich nur ihre Lippen, doch dann drückt sie sich ein wenig gegen seinen Körper und wird leidenschaftlicher. Braun hält ihren Nacken mit der rechten Hand. Er spürt die gekräuselten Haarsträhnen, die weiche Haut ihres Nackens. Das könnte ewig dauern, ist aber schnell wieder vorbei. Braun hört Schritte und löst sich von Silvia. Gudrun steht vor ihnen. »Ach, da bist du. Machst du mir auch einen Gin Tonic?«, fragt Gudrun.

Jeden Neujahrstag beginnt Michael Braun damit, keinen Alkohol zu trinken; üblicherweise für vier bis sechs Wochen. Gudrun macht sich jedes Jahr ein wenig darüber lustig. Am Nachmittag kommen Gäste, die mit Gudrun Wein trinken, aber bald wieder gehen. Abends steht Braun mit Gudrun am Fenster. »Hat es dir gestern auf der Party gefallen?«, fragt Gudrun. »Nein«, antwortet Braun. »Du warst betrunken, du hast viel geredet auf dem Heimweg.« Michael Braun wird heiß. Gudrun hat alles mitbekommen. »Was habe ich denn gesagt?«, fragt Braun. »Du hast etwas erzählt, von einem Koljanow.« Braun schüttelt den Kopf. Gudrun lacht. »Ich habe gesagt, du sollst gerade gehen, und du hast geantwortet: Koljanow musste auch wieder gehen lernen.« Braun muss sie korrigieren: »Kowaljonok. Wladimir Kowaljonok von der Orbitalstation Saljut 6. Er hat 1978 139 Tage im Weltraum verbracht und musste nach seiner Rückkehr auf die Erde wieder gehen lernen. Das hat mich als Kind sehr beeindruckt«, sagt Michael Braun. »Genau davon hast du geredet«, sagt Gudrun. Kowaljonok, das ist ein Name, denkt Michael Braun.

Dann sitzen sie zusammen vor dem Fernsehapparat. Auf dem Couchtisch liegt die Visitenkarte einer Silvia Braun. Braun hebt sie auf, liest die E-Mail-Adresse und versucht sie sich zu merken. »Hat sie mir gegeben«, sagt Gudrun. »Findest du nicht, dass sie unglaublich schön ist? Tamara hat mir gesagt, dass sie vier Jahre älter ist als ihr Mann. Ich finde, sie sieht zehn Jahre jünger aus als er. Meinst du nicht auch?«, fragt Gudrun. »Du weißt, in solchen Dingen bin ich sehr schlecht«, sagt Braun.

Gudrun kennt Michael seit über fünfzehn Jahren. Sie hasst die meisten Geschichten, die er erzählt, weil er sie so oft erzählt. Von diesem Astronauten hat er noch nie gesprochen. Plötzlich, an diesem ersten Januar, kommt Michael Gudrun wie ein Fremder vor.

Braun muss beim Fernsehen eingeschlafen sein. Gudrun greift ihm ans Kinn: »Astronaut Koljanow«, sagt Gudrun, »geh ins Bett!« – »Kowaljonok«, sagt Michael Braun. »Ko-wal-jo-nok. Und nicht Astronaut, sondern Kosmonaut!«

3. Löwen in der Einöde

Jedes Jahr zu Silvester derselbe Streit. Jedes Jahr dieselben Argumente und Vorwürfe. Und jedes Jahr dasselbe Ergebnis: Michael Braun verließ die Silvesterparty nach dem Bleigießen um 01:30 Uhr. Seine Frau Silvia blieb.

Am nächsten Morgen stand er um 09:00 Uhr auf. Er versuchte, leise zu sein, obwohl er wusste, dass Silvia wach war und sich nur schlafend stellte. Er hatte sie nicht nach Hause kommen gehört – wahrscheinlich war es 04:00 oder 05:00 Uhr geworden. Braun nahm die Mousse-au-Chocolat-Torte aus dem Kühlschrank und verließ die Wohnung. Die Fahrt aufs Land dauerte mit dem Auto etwas mehr als eine Stunde. Brauns Mutter war am 1. Januar 1942 geboren worden und das Neujahrskind des Reichsgaus gewesen.

Nachdem Braun seiner Mutter die Torte und ein Geschenk übergeben hatte, unterhielten sie sich und aßen schon um 11:30 Uhr zu Mittag. Danach Kaffee und Torte. Dann brach man zu einem Spaziergang auf. Es gab drei Routen für den Spaziergang: die große Runde, die kleine Runde und die Einöde. Die Einöde war ein Ortsteil etwa einen Kilometer vom Haus der Mutter entfernt, der nur aus wenigen Häusern bestand.

Auf dem Weg in die Einöde erzählte Braun jedes

Mal dieselbe Geschichte aus seiner Schulzeit. Er erzählte, und seine Mutter lachte darüber, jedes Mal, und deshalb erzählte Braun wieder und wieder dasselbe. Der Postautobus, mit dem Braun als Kind zur Schule in die Bezirkshauptstadt und zurück gefahren war, hielt eigentlich vor dem einzigen Gasthaus des Ortes, es war die letzte Haltestelle. Wenn Nussal den Postautobus lenkte und die Insassen genug Geld sammelten, machte er eine Extratour in die Einöde und wieder zurück. Für diese Extratour bezahlten die meisten nicht, um in die Einöde zu gelangen, sondern weil dort ein Bauer, welcher »der Häusler« genannt wurde und sich selbst zum Dompteur ausbildete, in einem Gehege an der Straße zwei Löwen hielt. Nussal fuhr ganz langsam am Gehege vorbei, und die Fahrgäste betrachteten die Löwen, bis der Häusler schimpfend aus dem Hof stürmte. Manchmal warf er sogar Steine nach dem Bus.

»Hier waren die Löwen, oder?« Die Mutter zeigte auf die Brache links von der Straße. »Der Häusler ist schon tot. Schon lange. Und Kinder hatte er keine«, sagte die Mutter. »Die Löwen sind auch schon lange tot«, sagte Braun. »Die hat der …« Die Mutter warf Braun einen bösen Blick zu. Braun verstummte. Beide blickten auf das Haus Einöde Nr. 4. »Vor Kurzem habe ich ihn gesehen«, sagte die Mutter. »Stramm wie eh und je ist er hier entlanggegangen. Er sieht für sein Alter immer noch sehr gut aus.« – »Ist Alies jemals wieder aufgetaucht«, fragte Braun. Die Mutter antwortete nicht. Und dann wurde weitergegangen.

Mit dreizehn Jahren, ein Jahr nach der Scheidung seiner Eltern, hatte Michael Braun in Latein auf drei Schularbeiten hintereinander ein Nichtgenügend bekommen. Seine Mutter beschloss, er müsse Nachhilfe nehmen, bezahlen müsse die Nachhilfe aber sein Vater, bei dem er jedes zweite Wochenende verbringen musste. Die Wahl der Nachhilfelehrerin fiel auf die Frau des in der Einöde lebenden Dr. Schupp. Dr. Schupp stammte aus dem Dorf, doch er betrieb in der fünfzehn Kilometer entfernten Bezirkshauptstadt ein Röntgenlabor. Man sagte, das Labor sei eine Goldgrube, da es das einzige derartige Labor in einem großen Umkreis war. Die Schupps hatten keine Kinder, aber zwei Geländewagen und waren schon allein deshalb sehr angesehen. Der Nachteil für Michael Braun war: Er musste am Löwengehege vorbei. Er fürchtete nicht die Löwen, sondern den Häusler und seine Mutter, die ständig am Straßenrand neben dem Gehege standen und jeden, der vorbeikam, beschimpften und verscheuchten: »Was willst du hier? Mach mir nur die Löwen nicht rebellisch!«

»Silvia schläft?« Braun wusste, dass die Mutter beleidigt war. Sie war jedes Jahr beleidigt, wenn Silvia an ihrem Geburtstag nicht mitkam. »Sie war so schön«, sagte die Mutter dann. Braun musste eine

Weile nachdenken, um der Mutter folgen zu können. Sie hatte nicht Silvia gemeint, sondern Alies Schupp, die Frau von Dr. Schupp. »Sie hat dir damals Nachhilfe in Latein gegeben«, sagte die Mutter. Braun nickte. »Wann war das?«, fragte die Mutter. »1983«, antwortete Braun.

Die Mutter hatte geglaubt, sie würde ihren geschiedenen Mann, Brauns Vater, nach der Scheidung bestrafen, indem sie ihn die Nachhilfestunden zahlen ließ. Doch der Vater gab das Geld für die Nachhilfestunden gern. So gern, dass die Erwähnung einer erfundenen Extra-Nachhilfestunde ausreichte, um dem Vater mehr Geld zu entlocken. »Ist sie wirklich so schön, diese Alice?«, fragte der Vater immer.

Alle Bewohner des Dorfes glaubten, Frau Dr. Schupp heiße Alice. Sie hieß aber Alies. Alies hatte eine holländische Mutter und einen Vater, der als Sohn surinamischer Einwanderer in Rotterdam aufgewachsen war. Doch im Dorf wusste niemand, wo oder was Surinam war. All das musste Braun sich anhören, bevor seine erste Nachhilfestunde beginnen konnte. »Die Schweinehirten hier in diesem Dorf«, sagte Alies, »haben mehr Achtung vor Löwen und Geländewagen als vor Menschen. Und mein Mann«, sagte sie, »ist genauso wie alle anderen. Ein Schweinehirt, der ein Medizinstudium abgeschlossen hat. Sie nennen mich die Negerin, weil ich eine dunklere Hautfarbe habe als sie. Und sie können meinen Namen nicht schreiben.« Dann zeigte Alies Michael Braun Briefe, die an sie adressiert waren. »Auf keinem einzigen Kuvert steht mein Name richtig«, sagte Alies. »Nur einmal im Jahr, wenn meine Mutter mir zum Geburtstag eine Glückwunschkarte schreibt, sehe ich meinen Namen richtig geschrieben.«

»Die Leute mögen sie bis heute nicht«, sagte die Mutter. »Aber sie muss eine gute Nachhilfelehrerin gewesen sein.«

TINTORETTO: Wozu braucht man eigentlich Latein? Für eine Reise nach Lateinamerika?

BRAUN: Man braucht es zum Beispiel, wenn man Kunstgeschichte studiert.

TINTORETTO: So etwas Langweiliges! Bist du dort wirklich täglich hingegangen?

BRAUN: Zuerst schon. Aber ich habe nicht fertig studiert.

TINTORETTO: Und? Ist das schlimm?

BRAUN: Es hat nur meine Mutter unglücklich gemacht. Dir hätte das nichts ausgemacht, Meister Tintoretto. Meine Abschlussarbeit über dich hättest du ohnehin nicht lesen wollen.

Tatsächlich hatte Braun, nachdem er mit Alies zu lernen begonnen hatte, auf die nächste Schularbeit ein Befriedigend und auf die darauffolgende sogar ein Gut bekommen. Wobei Alies über die Fehler, die er immer noch machte, nur den Kopf schüttelte. Sie war aber nicht streng mit Braun, der gern in der großen modernen Küche der Schupps saß und den Tee trank, den Alies ihm zubereitet hatte. Braun hatte nur Angst, das Löwengehege zu passieren. Und er hatte Angst vor Dr. Schupp.

Das erste Mal, dass Braun Dr. Schupp sah, war während einer Nachhilfestunde. Schupp kam laut schimpfend zur Tür herein. Erst als er Braun sah, wurde er still, grüßte aber nicht, sondern wandte sich zu seiner Frau: »Was ist denn hier los?« – »Sei still, ich gebe dem Jungen Nachhilfe«, sagte Alies. Dr. Schupp stand da, immer noch den Autoschlüssel seines Geländewagens in der Hand, und schüttelte den Kopf: »Jetzt fängt dieser Scheiß wieder an.« – »Geh jetzt, wir müssen uns konzentrieren«, sagte Alies. Schupp blickte Alies in die Augen und nickte. Dann schob er mit seinem Zeigefinger langsam ein auf dem Küchentisch stehendes Wasserglas bis zum Tischrand und dann über den Tischrand. Das Glas fiel zu Boden und zerbrach. »Hoppla«, sagte Dr. Schupp. Er ging und warf die Tür hinter sich zu.

Braun kniete am Küchenboden, um die Glasscherben aufzusammeln. »Dieses Arschloch«, sagte Alies. Sie brachte Schaufel und Besen und kniete sich neben Braun. Sie kehrte die Scherben mit dem Besen auf die Schaufel. »Danke«, sagte Alies. Sie legte die Unterarme auf Brauns Schultern. Dann rutschte sie noch ein Stück näher. Braun spürte ihre Lippen. Und dann öffnete sie ihren Mund und küsste ihn. Braun hatte sich schon öfter vorzustellen versucht, was man beim Küssen tun musste und wie es sich anfühlte. Aber dass man dabei den Mund so weit öffnete … Dass man versuchte, den anderen zu verschlucken … Der Kuss dauerte lange. Wahrscheinlich mehrere Minuten.

Michael Braun fiel es bei der letzten Lateinschularbeit im Jahr wirklich schwer, absichtlich so viele Fehler zu machen. Aber es musste sein. Er tat es für Alies.

4. Ein verfliestes Meer

Der Boden begann zu zittern. Die ganze Wohnung bebte. Menschen schrien und flüchteten. Und dann – nichts. Tamara muss aufgewacht sein. Es war die erste Party, seit Igor ausgezogen ist.

Tamara dachte, dass die Partygäste nicht ins Schlafzimmer gegangen waren. Aber das Fensterbrett ist voll mit leeren Bierdosen. Tamara steht auf. Sie geht zum Fensterbrett, nimmt eine Bierdose in die Hand und spürt, dass sie nicht leer ist. Auch die zweite Bierdose ist nicht leer. Tamara nimmt beide Bierdosen und geht aufs WC. Dort kippt sie den restlichen Inhalt in die Toilette. Dann setzt sie sich auf die Klomuschel.

Tamara geht ins Vorzimmer. Auch hier auf Fensterbrettern Bierdosen und Champagnerflaschen. Kaum eine der Bierdosen und Champagnerflaschen wurde ausgetrunken. Manche Bierdosen sind sogar fast voll. Ein Drittel des gesamten Biers, das auf der ganzen Welt gekauft wird, wird nicht getrunken, hat Igor immer gesagt. Igor dachte immer nur an Bierkonsum und Weinkonsum und Statistiken, denkt Tamara. Und er tut es bestimmt jetzt noch. Igor hat für alles eine Theorie. Tamara leert die Reste weiterer Bierdosen in die Klomuschel. In manchen Bierdosen stecken Zigarettenkippen. Tamara holt einen Müllsack und den Trolley. Die Flaschen kommen in den

Trolley, die Dosen in den Müllsack. Vorher aber tritt sie die Dosen flach. Das Flachtreten der Bierdosen macht ein lautes Geräusch. Egal, Igor ist ausgezogen.

Hinter Tamara geht die Tür auf, Tamara erschrickt. Jetzt erst erinnert sie sich. Die kleine rothaarige Freundin von Silvia hat sie um 06:00 Uhr morgens gefragt, ob sie hier übernachten könne. Tamara wollte das Sofa im Arbeitszimmer ausziehen und mit Bettwäsche überziehen. »Keine Umstände«, hat die Rothaarige gesagt, »hier ist ein Teppich. Ich schlafe ohnehin am liebsten auf dem Boden.«

»Kann ich dir helfen?«, fragt die Rothaarige. Tamara kann sich nicht an ihren Namen erinnern. »Einfach alle Flaschen ausleeren«, sagt Tamara. Und so begegnen sie einander immer wieder auf dem Weg zum WC. Einmal, als Tamara gerade wieder mit zwei Bierdosen in der Hand auf die Toilette zugeht, sieht sie, wie die Rothaarige aus einer Champagnerflasche trinkt und dann erst den Rest wegschüttet. Tamara bleibt stehen und wartet, bis die Rothaarige aus dem WC kommt. Ihr Vorname ist Tamara immer noch nicht eingefallen. Die Flasche Gin ist leer. Tamara erinnert sich an den Freund von Gudrun, der die Gin Tonics gemixt hat. Der Wodka ist noch da. Die Flasche wurde nicht geöffnet.

Fast alleine reinigt die Rothaarige alle Teppiche mit dem Staubsauger und wischt alle Böden mit dem Mopp. Danach zwingt Tamara die Rothaarige, sich ins Wohnzimmer zu setzen und sich auszuruhen. Sie geht in die Küche und holt Reste vom kalten Buffet. So viel ist übrig geblieben. Hätte Igor das Buffet organisiert, wäre jetzt alles weg. Außerdem bringt Tamara der Rothaarigen einige Mandarinen, die sie auf dem großen Tisch im Vorzimmer zusammen mit Erdnüssen zur Dekoration verstreut hatte. »Ich schaffe es jetzt nicht, etwas zu kochen«, sagt Tamara. »Bin zu kaputt.« Die Rothaarige isst schnell. »Kann ich mir ein Bier nehmen?«, fragt die Rothaarige. »Klar, du weißt ja, wo es ist«, sagt Tamara. »Ich trinke heute nicht. War zu viel gestern.«

Die Rothaarige holt sich ein Bier und nicht viel später ein zweites. »Ich danke dir, du hast mir wirklich sehr geholfen«, sagt Tamara. Die Rothaarige schüttelt den Kopf. »Ich muss dir danken, dafür, dass ich hier übernachten durfte. Tolle Wohnung«, sagt die Rothaarige. »Nimm dir Mandarinen!«, sagt Tamara. Die Rothaarige schüttelt den Kopf: »Ich hasse Mandarinen. Wegen der Kerne. Ich mag keine Kerne in Mandarinen. Und keine Fische im Meer. Ich hasse Fische und Algen und Quallen und Seeigel. Am liebsten hätte ich ein Meer mit Fliesenboden. Ein verfliestes Meer.«

Tamara fragt sich, wann die Rothaarige wohl vorhat zu gehen. Es ist 15:48 Uhr. »Kannst du mir noch helfen, die Flaschen und Bierdosen zur Müllsammelstelle zu bringen?« Die Rothaarige schaut Tamara nicht an: »Ich weiß nicht, ich bleibe lieber hier. Darf ich mir noch ein Bier nehmen?«

Es kommt Tamara seltsam vor, dass sie nun ihre Wohnung mit dem Trolley und dem Müllsack verlässt und eine ihr mehr oder weniger unbekannte Person darin zurücklässt. Auf dem Rückweg ruft sie Silvia an und fragt sie nach dem Namen der Rothaarigen. »Evelyn.« – »Deine Freundin Evelyn ist noch immer bei mir«, sagt Tamara. »Sie ist nicht meine Freundin«, sagt Silvia, »sie ist eine Bekannte.« Dann erzählt Tamara, dass Evelyn beim Aufräumen geholfen hat, nun aber zu trinken begonnen hat und keine Anstalten macht zu gehen. »Lass sie nicht an harte Getränke«, sagt Silvia. Als Tamara zurückkommt, sitzt Evelyn im Wohnzimmer auf dem Teppich. Neben ihr eine Bierdose und eine Flasche Wodka. »Willst du küssen?«, fragt Evelyn. »Ich würde dich jetzt nämlich gerne küssen. Sehr gerne küssen. Ich weiß, du hattest einen Typen. Aber … das geht mich ja nichts an. Ich würde dich nur sehr, sehr gerne küssen. Wirklich.«

Tamara weiß, was sie nun sagen müsste: »Evelyn, du musst jetzt gehen.« Aber es kommt ihr albern vor, das zu sagen. Sie sagt nichts. Evelyn trinkt Wodka aus der Flasche. Schluck für Schluck. Tamara liegt auf dem Sofa. Evelyn liegt auf dem Teppich. Bald ist die Wodkaflasche leer. Tamara hört, wie Evelyn schnarcht. Sie liegt auf dem Rücken.

Tamara hat Angst, aber sie möchte nicht hilflos sein. Sie möchte nicht immer an Igor denken müssen, bei jeder Glühbirne, die auszutauschen ist, bei jedem Erdbeben und bei jedem Gast, den sie nicht mehr loswird. Was, wenn die Rothaarige zwei Wochen bleibt? Was, wenn sie überhaupt nicht mehr geht? Jetzt schläft sie und träumt vielleicht von einem verfliesten Meer.

Noch einmal ruft Tamara Silvia an. »Ist sie immer noch da?«, fragt Silvia. »Morgen früh wirfst du sie raus. Oder soll ich zu dir kommen?« Tamara verneint, obwohl sie es gerne hätte, wenn Silvia bei ihr wäre. »Nein, macht euch einen schönen Abend!« – »Michael ist bei seiner Mutter«, sagt Silvia. »Sie hat heute Geburtstag.« Tamara lacht. »Ich melde mich morgen.«

Tamara steht auf und betrachtet die auf dem Rücken liegende Evelyn. Das T-Shirt ist über den Nabel hochgerutscht. Die Haut auf ihren Armen und auf dem Bauch ist voller Sommersprossen. Tamara kann nicht anders. Sie beugt sich über Evelyn und zieht ihr T-Shirt weiter nach oben, um ihre Brüste zu sehen. Evelyn trägt keinen BH. Sie hat große Brüste. Feste Brüste. Schöne Brüste. Dabei ist sie doch auch schon über 40, genauso wie Tamara. Sie zieht das T-Shirt wieder nach unten, um den Nabel und die letzte sichtbare Sommersprosse zu bedecken.

Tamara schläft auf dem Sofa ein. Als sie erwacht, hört sie lautes Fluchen. Die Rothaarige steht auf und läuft in der Wohnung herum. Wahrscheinlich sucht sie ihre Jacke. Tamara weiß, wo die Jacke der Rothaarigen ist, aber sie stellt sich schlafend.

5. Ab Doderer

Fast konnte Michael Braun nicht mit der Mutter mithalten. Sie lief zügig über die Feld- und Waldwege der Einöde, ohne jedes Zeichen von Unsicherheit oder Ermüdung. Nicht so wie Silvia. Auf dem letzten Wegstück blieb sie vor dem Haus Einöde Nr. 4 stehen. »Warum hast du damals mit der Nachhilfe aufgehört?«

Braun schwieg. Er hatte über diese Dinge mehr als dreißig Jahre lang geschwiegen, und er hatte nicht vor, mit dem Schweigen aufzuhören, solange seine Mutter lebte. Er wusste, warum seine Mutter Alies Schupp nicht gemocht hatte. Und er wusste auch, dass die Mutter darüber schweigen würde, solange sie lebte. Umso seltsamer, dass sie Alies damals als Nachhilfelehrerin vorgeschlagen hatte.

»Wann ist das Begräbnis?«, fragte die Mutter. Sie meinte das Begräbnis von Onkel Kurt. Michael Braun wunderte sich über die Gedankensprünge der Mutter und fragte sich, ob ihr Gedächtnis noch in Ordnung war. »Am 8. Januar. Das habe ich dir doch schon gesagt«, sagte Braun. »Ich vergesse es immer«, sagte die Mutter.

Michael Braun wollte Alies wieder küssen. Doch es ging kein Glas zu Bruch, es fiel kein Kugelschreiber zu Boden, es gab keine Gelegenheit, sich ihr zu nähern. Auch als Alies eine Pause machen wollte, zeigte sie kein Interesse. »Hast du schon von der Entführung gehört?«, fragte sie. »Entführung?« – »Alfred Heineken, der Chef des Heineken-Konzerns, und sein Chauffeur Ab Doderer sind entführt worden. In Amsterdam.« Braun musste ungeküsst nach Hause gehen. Ab Doderer – was für ein Name! Wenn er nicht Michael Braun, sondern Ab Doderer geheißen hätte, dann würde er Alies bestimmt jeden Tag geküsst haben.

Auch als die Entführten drei Wochen später aus einer Lagerhalle in den Docks von Amsterdam befreit werden konnten, hatte immer noch kein zweiter Kuss stattgefunden. Das war am 30. November 1983. Dann kam der Schneefall. So zumindest erinnerte sich Michael Braun. Es lag so viel Schnee, dass Alies ihm anbot, ihn mit dem Geländewagen nach Hause zu fahren. Braun lehnte ab, aber Alies bestand darauf, ihn nicht zu Fuß gehen zu lassen. »Die armen Löwen«, sagte Alies, als sie am Gehege vorbeifuhren. Sie griff nach Brauns Hand und hielt sie eine Weile fest.

Am Ende der Einöde bog Alies in einen Waldweg ein und blieb stehen. »Du darfst niemand davon erzählen, hörst du?«, sagte Alies. »Niemand.« Sie hat Angst vor ihrem Mann, dachte Braun. Und dann kam der Kuss. Länger und schöner als der erste. Und diesmal wusste Braun schon, was zu tun war. Es muss ein Freitag gewesen sein, denn Alies brachte Braun zum Haus des Vaters. Als sie hielt, um ihn aussteigen zu lassen, beugte sich Braun zu Alies, um sie noch einmal zu küssen. Sie wehrte ihn ab. »Doch nicht hier, bist du verrückt«, sagte sie. »Steig jetzt aus!«

Wenn er damals nur gedacht hätte: Wenn wir jetzt entführt würden wie Alfred Heineken und sein Chauffeur Ab Doderer, dann könnten wir drei Wochen lang ununterbrochen zusammen sein. Gefesselt vielleicht, aber bestimmt nicht so, dass wir uns nicht küssen könnten.

»Was war das für ein Auto?«, fragte der Vater. »Frau Dr. Schupp hat mich hergebracht«, antwortete Braun. »Die schöne Alice«, sagte der Vater. »Warum hast du sie nicht hereingebeten?« Der Vater saß wie immer am Küchentisch. Vor ihm stand eine Bierflasche. »Die schöne Alice«, sagte der Vater wieder. »Da hat dieses sinnlose Latein plötzlich doch einen Sinn.« Braun war froh, dass der Vater nichts ahnte. Er machte sich Vorwürfe, dass er versucht hatte, Alies im Auto vor dem Haus noch einmal zu küssen. Sie würde es ihm hoffentlich nicht übel nehmen.

Michael Braun sprach mit niemand über Alies. Aber er wünschte sich, solange wie möglich mit ihr zusammen sein zu können. Er wünschte es sich zu Weihnachten 1983: am 24. Dezember unter dem Christbaum in seinem Elternhaus, wo er mit seiner Mutter Weihnachten feierte, und am 25. Dezember unter dem Christbaum im Haus des Vaters.

Ein Wiedersehen mit Alies gab es erst Anfang Januar. Alfred Heineken und Ab Doderer waren kein Thema mehr. Erst gegen Ende der zwei Nachhilfestunden machte Braun einen Annäherungsversuch. »Kommst du nur deshalb?«, fragte Alies und gab ihm eine sanfte Ohrfeige. Und Braun wünschte, Dr. Schupp würde nach Hause kommen und Gläser zerschlagen oder gleich die gesamte Küche demolieren und dann für immer verschwinden.

Der nächste Kuss erst im März. Braun war gerade dabei, seine Sachen einzupacken. »Dass man heute den *Stowasser* nicht mehr verwendet«, sagte Alies wie immer, wenn Braun das Wörterbuch in der Hand hielt. Alies legte beide Hände auf seine Wangen und begann ihn zu küssen. Das dauerte lange. Dann drückte sie seinen Kopf gegen ihre Brust und streichelte ihn. Dabei fiel kein Wort. Irgendwann sagte Alies: »Geh nur!« Braun verließ das Haus. Jetzt nur noch an den Löwen vorbei, dachte er, dann ist es für heute geschafft.

Vor dem Haustor angekommen, suchte die Mutter nach dem Schlüssel. Beim Aufsperren sagte sie, ohne Braun dabei anzuschauen: »Ich will nicht an sie denken. Ich will mich überhaupt nicht beschäftigen mit Alies.«

Wahrscheinlich war es April, als Michael Braun Alies zum letzten Mal sah. Nachdem sie erst einige Minuten übersetzt hatten, sagte sie, sie brauche eine

Pause. Sie legte sich auf das Sofa im Wohnzimmer und bat Braun zu sich. Mit dem Handrücken der Rechten verdeckte sie ihre Augen, mit der linken Hand zog sie ihn zu sich. Er lag auf ihr und küsste sie. Oder sie ihn. »Du bist ganz schön schwer«, sagte Alies. Also legte er sich mit dem Rücken auf das Sofa, und Alies legte sich auf ihn. Später wurde weiter übersetzt.

Als die Nachhilfestunde vorbei war, ging Braun nach Hause. Wie immer fürchtete er den Fußweg. Aber schon als er aus dem Haus der Schupps trat, hörte er eine Stimme aus der Garage. »He, komm her, komm her da«, hörte Braun Dr. Schupp rufen. Braun ging in die Garage. Dr. Schupp stand vor einem Spind und öffnete ihn. Im Spind befanden sich zwei Gewehre. Dr. Schupp nahm eines davon in die Hand.

»Schau dir dieses Gewehr genau an! Es tötet Kaninchen, Rehe, aber auch Löwen und sogar Menschen. Und zwar mit einem Schuss. Und wer in mein Revier kommt, der sollte dieses Gewehr fürchten. Denn wenn ich damit schieße, war das dein letzter Tag auf dieser Erde. Jetzt geh!« Braun ging. Auf dieser Erde, dachte Braun. Auf dieser Erde.

Zwei Monate später kam Braun erst spätnachmittags mit dem Schulbus aus der Bezirkshauptstadt. Die ganze Ortschaft war auf den Beinen. Man erzählte, was geschehen war. Der Häusler sei im Löwengehege von den Löwen attackiert worden. Dr. Schupp sei mit seinem Gewehr gekommen und habe beide Löwen erschossen. Angeblich habe der Häusler Dr. Schupp noch beschimpft, bis man ihn auf der Bahre in den Krankenwagen getragen hatte. Noch durch die geschlossenen Türen des Krankenwagens habe man seine Morddrohungen gehört.

Am darauffolgenden Tag war Alies verschwunden. Die einen sagten, sie sei nach Holland zurückgegangen, andere erzählten, Alies sei spurlos verschwunden. Und Frau Liegler, die Nachbarin der Brauns, sagte immer wieder: »Wo ein Gewehr ist, wird es auch verwendet.«

Silvia rief am Abend an, um ihrer Schwiegermutter zum Geburtstag zu gratulieren. Brauns Mutter war kurz angebunden. »Danke«, sagte sie. »Er ist schon gefahren«, sagte sie. »Wir waren spazieren«, sagte sie, »in der Einöde.«

6. Ewiges Deutschland

»Der Rostbraten? Wer hat den Rostbraten bestellt?« Der Kellner muss fünf oder sechs Mal fragen, bis sich jemand meldet. Das Tablett ist voll. Der Kellner fragt lauter, er wird immer aggressiver. Kein Wunder. Die Hälfte der Anwesenden ist schwerhörig, die andere Hälfte dement. Hilde Braun kann die Szene nicht länger ertragen. Es ist nett, dass sich die Seniorenverbände der Sozialdemokraten und der Christdemokraten zu Hildes Geburtstag an einen Tisch setzen. Trotzdem geht sie jetzt eine Zigarette rauchen.

Hilde steht im Schankraum. Die meisten Tische sind leer. Zwei rauchende Männer stehen an einem Tisch und starren auf einen Fernsehapparat, der an der Wand montiert ist. Skirennen interessieren Hilde nicht. Der Kellner kommt in den Schankraum. Er knallt das leere Tablett auf die Theke und flucht. Er brüllt neue Bestellungen durch die Küchentür. Hilde belustigt die Wortwahl: »Vier Menü neu, zwei Mal Pariser Schnitzel, einmal mit.«

Hilde geht zurück ins Extrazimmer. Eine frühere Kollegin beschwert sich, dass Hilde weg war. Es wird gegessen. Hilde hat auch das Menü bestellt, aber sie ist nicht sehr hungrig. Sie beginnt mit dem Salat.

»Hast du heute Geburtstag?«, fragt eine der Frauen am Tisch. »Nein«, antwortet Hilde, »ich hatte schon am Ersten. Ich war das Neujahrskind des Jahres 1942.« – »Diese neue kommentierte Ausgabe, wirst du sie kaufen?« Hilde schweigt. Sie versteht erst mit Verzögerung, dass sie etwas gefragt wurde. »Welches Buch meinst du?« – »*Mein Kampf.* Hast du nicht von dieser kommentierten Ausgabe gehört?« Die Frau, die das fragt, heißt Anita und hat früher Geschichte unterrichtet. Sie tut so, als würde sie sich immer noch dafür interessieren.

»Nein«, antwortet Hilde. »Es interessiert mich nicht. Nicht mehr.« – »Früher war die Leber hier besser«, sagt eine andere, »findest du nicht?« Gut dass Hilde die Geschenke schon ausgepackt und alle Gedichte angehört hat, die die früheren Kolleginnen für sie verfasst, vorgetragen und ihr auf Elefantenpapier ausgedruckt und von allen unterschrieben ausgehändigt haben. Nur mehr dieses Essen muss sie überleben, dann kann sie nach Hause fahren und sich ausruhen. »Du hast doch als Kind eine Ausgabe von *Mein Kampf* zerrissen, richtig? 1945, als die Russen gekommen sind.« Gerlinde glaubt, dass ihr Gedächtnis unschlagbar ist. »Erzähl die Geschichte noch einmal! Bitte!« – »Die habe ich doch schon hundert Mal erzählt«, sagt Hilde. »Wir sind alte Weiber«, sagt Anita, »wir merken uns nichts mehr.« – »Wie wahr.« – »Bitte erzähl«, sagt Gerlinde.

»Es war nicht 1945, denn da war ich erst drei Jahre alt. Es war ein paar Jahre nach dem Krieg, vielleicht

1947 oder 1948«, sagt Hilde. »Die Russen waren ja länger hier. Meine Mutter hat immer Angst gehabt, wenn sie gekommen sind.« – »Und 1948 habt ihr noch eine Ausgabe von *Mein Kampf* zu Hause gehabt?«, fragt Anita. Gerlinde wird ungeduldig: »Jetzt sei doch einmal still und hör zu, Anita.« – »Es war auch nicht *Mein Kampf*«, sagt Hilde, »sondern ein Buch mit dem Titel *Ewiges Deutschland*. Ich wusste, dass es auf dem Dachboden war und dass sich auf einer der ersten Seiten ein Foto von Hitler befand. Es waren drei Männer, die auf unser Haus zukamen. Ich habe gerade mit einem Jungen aus der Nachbarschaft gespielt, und die Mutter sagte, wir sollen in die Küche kommen und uns an den Tisch setzen. Aber ich bin mit Ronald die Treppe hinauf zum Dachboden. Ich habe ihm gesagt, die Russen werden uns nichts tun, wenn wir das Bild von Hitler aus dem Buch reißen. Und da haben wir die Seite herausgerissen.«

Hilde schaut in die Runde, die meisten essen. Nur Gerlinde hört gespannt zu. »Dann sind die drei Männer auf den Dachboden gekommen. Einer von ihnen hat Ronald etwas zugerufen. Es muss Russisch gewesen sein, wir haben nichts verstanden. Ich habe nur bemerkt, dass Ronald Angst hatte, und habe mich vor ihn gestellt, um ihn zu beschützen. Einer der Russen konnte Deutsch. Das ist ein gutes Mädchen, sagte er zu Ronald, der sich hinter mir versteckte. Sie beschützt dich. Wenn du groß bist, musst du sie heiraten. Dann hat er mit dem Zeigefinger meine Wange gestreichelt, und sie sind wieder gegangen. Als sie weg waren, habe ich bemerkt, dass ich die ganze Zeit die zerknüllte Buchseite mit Hitlers Foto in der Hand gehalten hatte.«

Hilde schaut in die Runde. Sie hätte irgendetwas anderes erzählen können. Der Kellner bringt neue Bestellungen. Auf dem Tisch ist kein Platz mehr. »Wer war dieser Ronald?«, fragt Anita. Sie hat also doch zugehört. »Lebt er noch? Hast du ihn geheiratet?« Hilde lacht nicht. »Ronald Schupp.« Anita hört zu essen auf. »Dr. Schupp, dem das Röntgenlabor gehört?« Gerlinde weist Anita zurecht: »Das Labor hat längst seine Nichte übernommen – und die geht auch schon bald in Pension.« – »Ja, *der* Dr. Schupp«, sagt Hilde. »Gibt es einen zweiten?« Jetzt meldet sich eine Stimme vom Tischende: »Er hat doch diese Frau geheiratet, diese Afrikanerin.« – »Die war doch nicht aus Afrika.« Hilde wird heiß im Gesicht. »Natürlich war sie aus Afrika.« – »Man weiß nicht, was mit ihr passiert ist.« – »Dr. Schupp war immer jähzornig. Alle hatten Angst vor ihm.« – »Wo ein Gewehr ist, wird es auch verwendet«, sagt eine andere.

Hilde geht wieder in die Schankstube zu den Rauchern. Aus dem Fernsehapparat hört man die Kuhglocken der Skifans. Der Läufer war gut bis zur Zwischenzeit, hat aber im unteren Teil viel Zeit verloren.

Hilde raucht sonst nicht viel, zwei oder drei Zigaretten am Tag. Heute ist es schon die sechste.

Wieder kommt der Kellner in die Schankstube. Wieder knallt er das Tablett auf die Theke. Auch er steckt sich eine Zigarette an. Er lehnt an der Theke, raucht und schaut Hilde an. »Diese alten Weiber«, sagt er. Dabei schüttelt er den Kopf und blickt Hilde in die Augen, als würde er erwarten, dass sie ihm recht gibt. Ob der Kellner nicht bemerkt hat, dass sie auch zu der Gesellschaft im Extrazimmer gehört? »Diese alten Weiber machen mich fertig«, sagt der Kellner.

7. 26A

Dass Silvia zum Begräbnis von Onkel Kurt mitgehen wollte, irritierte Michael Braun. Dass sie Punkt 10:30 Uhr geschminkt, in schwarzem Kleid und Mantel im Vorraum stand und nicht wie sonst noch in der Unterwäsche durch die Wohnung rannte und sich zwischen drei Kleidern nicht entscheiden konnte, war unglaublich. Darum erreichten sie den Friedhof auch viel zu früh, gingen dort auf und ab und lasen Namen auf den Grabsteinen.

Michael Braun hatte sich vorgenommen, dem Begräbnis und seinen Verwandten gelassen und geduldig zu begegnen. Und wirklich überstand er die ersten Prüfungen ohne Aufregung: dass seine Mutter zu spät kam, nämlich als alle schon in der Aufbahrungshalle saßen; dass ein ihm unbekannter Mann anstatt eines Priesters – denn Onkel Kurt war aus der Kirche ausgetreten – eine Rede hielt und schließlich Onkel Kurts Lieblingsgedicht *Der Panther* von Rilke vorlas; dass Silvia ihn regelmäßig am Ärmel zupfte und fragte, wer dieser und jener sei; und dass Cousin Georg, den Braun bestimmt zehn Jahre nicht gesehen hatte, auf Brauns Begrüßung nicht mit einer Begrüßung antwortete, sondern mit dem Satz: »Ich habe dich schon gesehen.« – Und das, ohne ihm die Hand zu schütteln.

Auch die Prozession zum Grab machte Braun

nichts aus. Er schaute auf den Boden und versuchte, nicht zu lächeln. Erde wurde auf den Sarg geschaufelt, Blumen wurden in das Grab geworfen. Man gab dem Totengräber, der stark nach Schnaps roch, Trinkgeld, wofür sich dieser lautstark bedankte. Niemand sagte etwas. Dann die Beileidsbekundungen. Braun blieb ganz ruhig.

Danach wurde in eine Gaststätte gegangen. Brauns Mutter flüsterte ihm zu, dass er und Silvia unbedingt mitkommen müssten. Braun wäre ohnehin mitgegangen. Dass er dazu aber von der Mutter aufgefordert wurde, ärgerte ihn. Zum ersten Mal an diesem Tag war er verärgert.

Bald saß Braun inmitten von Verwandten, die er einmal in einem Jahrzehnt zu Gesicht bekam. Dazu eine Menge andere Menschen, die er nicht oder kaum kannte. Die meisten von ihnen waren schwerhörig. Sie nickten, ohne verstanden zu haben, und antworteten, ohne gefragt worden zu sein.

Die Kellnerin brachte Karaffen: Weißwein, Rotwein, Soda und Leitungswasser. Wie immer beobachtete Silvia die Kellnerin, wie immer hatte sie eine Menge auszusetzen. Als alle zu trinken hatten, klopfte Onkel Richard mit der Gabel gegen sein Glas. Onkel Richard war kein wirklicher Verwandter. Er war Onkel Kurts bester Freund gewesen und hatte sich, wie Michael Braun es nannte, den Ehrenonkel-Titel erschlichen.

Onkel Richards Rede war überraschend kurz. Dann weinte Onkel Richard. Bald darauf begannen angeregte Gespräche und alles wäre gut gewesen, aber schließlich begann Onkel Richard betrunken und damit leider auch fröhlich zu werden.

Braun nahm halb Wein, halb Soda. »Zuerst Soda, dann Wein«, sagte Silvia. »Tausendmal habe ich es dir schon gesagt.« Braun leerte das erste Glas in einem Zug. Das zweite schenkte er in der richtigen Reihenfolge ein. Wenige Minuten später trat Schweiß auf seine Stirn. Es war der 8. Januar, und es war heiß. Silvia hatte beim Begräbnis einmal den Kopf in den Nacken gelegt, die Augen geschlossen und in die Sonne geblickt. Die Sonne – Braun konnte es nicht anders ausdrücken –, die Sonne lachte. Immer, wenn jemand aus der Familie Braun begraben wurde, lachte die Sonne. Das wusste Michael Braun bereits vom Begräbnis seines Vaters und seiner Großmutter. Die Sonne lachte. Nur Onkel Richard lachte noch mehr. Er erzählte die nächste Geschichte und lachte selbst am lautesten.

»Gnädigste«, sagte Onkel Richard, als er sich an Silvia wandte. »Der selige Kurt ist vierzig Jahre lang mein Kollege gewesen.« Nun lachte auch Silvia, vermutlich, weil Onkel Richard sie »Gnädigste« genannt hatte. Das Gesicht von Brauns Mutter verfinsterte sich. »Onkel Richard, das ist meine Frau Silvia«, sagte Michael Braun. Onkel Richard schüttelte den Kopf. »Tatsächlich? Silvia, nach all den Jahren darf ich dich endlich einmal kennenlernen. Wieso habe ich dich noch nie gesehen?«, fragte Onkel Richard. »Du hast eben nicht genau geschaut«, antwortete Braun für Silvia. »Nicht genau geschaut!« Onkel Richard hatte die Angewohnheit, das Ende des letzten Satzes seines Gesprächspartners mehrmals zu wiederholen. »Nicht genau geschaut«, wiederholte Onkel Richard.

»Können Sie sich noch an den Einsturz der Reichsbrücke erinnern, Fräulein Silvia?« – »Ja sicher«, antwortete Silvia. »Ich bin Jahrgang 1967, ich war damals neun. Also alt genug.« – »Also alt genug«, wiederholte Onkel Richard. Silvia hatte ihn missverstanden und sagte: »Ja, ich bin vier Jahre älter als Michael.« Onkel Richard wurde ernst. Er schüttelte den Kopf: »Macht ja nichts!«

Die Kellnerin kam mit weiteren Karaffen und fragte nach Essensbestellungen. Onkel Richard bestellte ein kleines Gulasch. Er goss sich ein Glas Wein ein. Ohne Wasser.

»Die Reichsbrücke ist am 1. August 1976 eingestürzt«, sagte Onkel Richard. »Das war ein Sonntag.« – »Ich kann mich erinnern«, sagte Silvia, »wir wollten an diesem Tag baden gehen. Es gab in diesem Jahr eine Hitzewelle.« – »Eine Hitzewelle«, sagte Onkel Richard.

»Auf der Reichsbrücke befanden sich zur Zeit ihres Einsturzes ein Pkw und ein städtischer Linienbus der Linie 26A. Sie wissen, Gnädigste, dass der selige Kurt, ich und unser lieber Freund Emmerich als Busfahrer bei den Verkehrsbetrieben gearbeitet haben?« – »Das hat mir noch niemand erzählt«, sagte Silvia. »Emmerich war der Fahrer des Busses, der sich damals auf der Reichsbrücke befand. Die Reichsbrücke stürzte um 04:43 Uhr ein. Verstehen Sie?«

Onkel Richard blickte in die Runde. Niemand sagte ein Wort. Die Kellnerin stand hinter ihm. »Ein kleines Gulasch wollte der Herr, richtig?« Onkel Richard nickte ungeduldig. »Ich kann mich gut daran erinnern«, sagte die Kellnerin. »Meine Mutter hat damals in der Lassallestraße gewohnt.« – »Um 04:43 Uhr. Am Sonntagmorgen.« Die Kellnerin stand regungslos da. In der linken Hand hielt sie den kleinen Schreibblock, in der rechten den Kugelschreiber.

»Die Strecke der Buslinie 26A führte weder über die Reichsbrücke noch begann der Fahrbetrieb vor 05:30 Uhr. Was hatte der Bus also auf der Reichsbrücke verloren?« – »Das ist mir noch nie aufgefallen«, sagte die Kellnerin. »Ich kann mich an die Fotos erinnern von diesem Bus, damals in den Zeitungen, aber das ist mir noch nie aufgefallen«, sagte die Kellnerin. »Noch nie aufgefallen«, wiederholte Onkel Richard.

»Unser lieber Kollege kannte eine Dame, die südlich der Donau im zweiten Bezirk wohnte. Am Samstag brachte er den Bus nach Dienstschluss nicht in die Busgarage, sondern fuhr direkt zu ihr. Emmerich parkte den Bus dort, blieb über Nacht und wollte am Sonntagmorgen mit dem Bus zum Dienstantritt nach Aspern fahren«, sagte Onkel Richard. »Und deshalb war dieser Bus auf der Reichsbrücke.« – »Ist das wahr?«, fragte die Kellnerin. »Natürlich ist das wahr. Wir wurden zum Bürgermeister zitiert, zum Bürgermeister persönlich. Euer Onkel Kurt war auch dabei. Wir mussten schwören, der Presse gegenüber kein Wort davon zu erwähnen. Deshalb war darüber nichts in den Zeitungen zu lesen. Und wer war damals Bürgermeister?«, fragte Onkel Richard. Die Kellnerin schwieg. »Leopold Gratz«, sagte Silvia. Onkel Richard lachte. »Du hast nicht nur eine schöne, sondern auch eine gescheite Frau«, sagte er. »Also ein kleines Gulasch«, sagte die Kellnerin und blickte auf den kleinen Schreibblock. »Möchte sonst noch jemand etwas essen?«

Michael Brauns Mutter wartete die Bestellungen nicht ab. Sie stand auf und ging vor das Gasthaus. Michael folgte ihr. »Ist dir nicht gut?«, fragte er. »Zu meinem Geburtstag kommt sie nicht, deine Silvia«, sagte die Mutter. »Aber zum Begräbnis kommt sie, und dann führt sie sich noch so auf!«

8. Vermicino

Zehn Tage hat Evelyn in fremden Wohnungen übernachtet. Zehn Mal hat sie auf dem Fußboden schlafen können. Zehn Tage hat sie keinen Anruf ihrer Mutter entgegengenommen. Nun sitzt sie auf dem Bett in ihrer Wohnung. Wenn sie schon in einem Bett schlafen muss, wirft sie vor dem Schlafengehen noch einmal einen Blick unter das Bett.

ALFREDO: Ich warte.
EVELYN: Ich weiß, Alfredo.
ALFREDO: Ich warte schon lange.
EVELYN: Ich weiß, Alfredo.
ALFREDO: Heuer würde ich vierzig Jahre alt werden.

Evelyn will nicht dabei gesehen werden, wenn sie den Fußboden unter dem Bett absucht. Die Mutter hat sie als Kind ein paar Mal dabei erwischt, aber nichts gesagt. Evelyn will nicht an ihre Mutter denken. »Ruf wenigstens einmal die Woche an«, sagt die Mutter immer. Wenn Evelyn dann anruft, bekommt sie immer dieselben Vorwürfe zu hören, bis sie schließlich auflegt. Daher kein Anruf. Evelyn lässt den Kopf über den Bettrand hängen und schaut unter das Bett.

Die Mutter denkt, dass es Evelyn schlecht geht, dass Evelyn psychisch krank ist, dass Evelyn drogensüchtig ist, dass Evelyn keinen Mann findet, dass

Evelyn am Ende gar nicht an Männern interessiert ist, sondern an anderen Frauen, dass Evelyn Geldprobleme hat. Die Mutter versteht nicht, dass Evelyn keine Kinder bekommen hat.

ALFREDO: Inzwischen bist du erwachsen geworden. Warum hast du keine Kinder?
EVELYN: Es ist eben nicht passiert. Ist das schlimm?
ALFREDO: Weißt du, ob mein Vater noch lebt?
EVELYN: Woher soll ich das wissen? Nachdem du tot warst, bist du aus den Schlagzeilen verschwunden. Und mit dir deine Eltern.

Der arme Alfredo. Evelyn hat damals alle Fernsehberichte gesehen. Sie konnte nicht schlafen. Sie schnitt die Artikel über den kleinen Alfredo aus der Tageszeitung und klebte sie in ein Heft.

ALFREDO: Hast du dieses Heft noch?
EVELYN: Nein. Vielleicht ist es im Haus meiner Mutter auf dem Dachboden.

Die Mutter schüttelte den Kopf, als sie die Fernsehberichte über den italienischen Jungen, der in einen Brunnenschacht gefallen war, sah.

DIE MUTTER: Stell dir vor, so etwas passiert unserer Evelyn!

Evelyn verstand nicht, warum man den Jungen nicht retten konnte. Als der Parallelschacht gegraben wurde, dachte sie, das sei die Rettung. Und immer dasselbe Foto von Alfredo. Offensichtlich das einzige, das es gab. Alfredo steht lachend am Strand und trägt ein schwarz-weiß gestreiftes Ruderleibchen.

EVELYN: Schwimmst du gerne im Meer?
ALFREDO: Nein. Ich spiele gerne am Strand. Das Meer mag ich nicht.
EVELYN: Ich auch nicht. Es ist mir viel zu schmutzig.

Was Evelyn als Kind am meisten schockierte, war die Tatsache, dass Alfredo mit zwei anderen Kindern gespielt hatte, als er in den Brunnenschacht gefallen war. Aus Angst vor den Eltern hatten sie den Schacht, der aus Versehen offen stand, wieder abgedeckt und den Vorfall verschwiegen.

ALFREDO: Erinnert man sich an mich?
EVELYN: Es gibt einen Wikipedia-Eintrag über dich.
ALFREDO: Hast du ihn geschrieben?
EVELYN: Nein. Aber ich rede mit dir. Jeden Tag vor dem Schlafengehen rede ich mit dir. Seit fünfunddreißig Jahren jeden Tag.
ALFREDO: Stimmt nicht. Seit zehn Tagen hast du nicht mit mir gesprochen.

EVELYN: Entschuldige. Seit Silvester ... Ich weiß auch nicht.

Vermicino, so hieß der Ort, in dem Alfredo gewohnt hatte. Evelyn nahm sich damals auf ihrer ersten Interrailreise vor, Vermicino zu besuchen. Als sie mehr als zehn Jahre später begann, Politikwissenschaft zu studieren, verliebte sie sich in Andrea, einen Studienkollegen aus La Spezia.

ANDREA: Als ich nach Wien kam, um zu studieren, hatte ich Angst vor den Menschen, weil sie so viel schweigen. Ich dachte, dieses Schweigen heißt nichts Gutes. Vor dir hatte ich keine Angst, außer wenn du betrunken warst. Du wolltest immer nur ausgehen und trinken. Am nächsten Tag war mir oft sehr übel.

EVELYN: Fährst du einmal mit mir nach Vermicino?

ANDREA: Wo liegt Vermicino?

EVELYN: Kannst du dich an Alfredo Rampi erinnern? Alfredino? Den kleinen Jungen, der in den Brunnenschacht gefallen ist?

ANDREA: An wen?

Alfredo ist immer da. Fast immer. Aber sie will nicht, dass jemand von ihm erfährt. Kurze Zeit, für ein paar Tage, hat die ganze Welt von ihm gesprochen. Aber jetzt gehört er ihr.

Die Mutter: Sie war immer schwierig. Das hat ihr nicht gepasst, jenes hat ihr nicht gefallen. Und sie hat getrunken. Schon als Kind. Wenn wir Gäste hatten und es gab Sekt, hat sie an der Spüle die Reste aus den Gläsern getrunken.

Der Vater: Sie hat uns immer sehr geholfen im Haushalt.

Die Mutter: Das stimmt. Sie hat gern Geschirr gewaschen und die Böden gewischt.

Es ist kein Wodka mehr im Haus. Nicht einmal ein Bier. Heute wird nicht getrunken, das hat Evelyn sich vorgenommen.

Die Mutter: Kannst du nicht wenigstens einmal in der Woche anrufen?

Evelyn: Hör auf, Mama!

Alfredo: Du trinkst heute nichts! Denn wenn du trinkst, schläfst du auf dem Fußboden und ich bin wieder allein. Ich weiß, was allein sein heißt, verstehst du?

Evelyn springt auf. Sie zieht die Jacke an. Der 24-Stunden-Shop an der Tankstelle hat bestimmt geöffnet. Evelyn macht sich auf den Weg. Kaum jemand ist unterwegs. Der Tankstellenshop hat wirklich offen. Evelyn kauft eine Flasche Wodka. Und eine Packung Cashewnüsse. Und einen Schokoriegel. Und ein Brieflos. *Leider nicht*, wird darin stehen, denkt Evelyn und reißt das Los auf. Fünf Euro. Evelyn lässt sich den Gewinn auszahlen, dann geht sie. In ihrer Wohnung angekommen, setzt sie sich in der Kleidung auf das Bett und stellt ihre Einkäufe auf das Nachtkästchen.

EVELYN: Wir machen es so, Alfredo: Ich darf trinken. Dafür schlafe ich im Bett und du bist nicht allein. Okay? Heute ist ein Glückstag: Ich habe fünf Euro gewonnen. Was sagst du?

ALFREDO: Wie viel Lire sind das?

9. Ich spiele Mihavecz

Silvia gab dem Paketboten zwei Euro. Immer. Michael Braun fand das mehr als großzügig, doch Silvia war froh, dass der Bote mit den Paketen bis zur Haustür kam. »Ja, der sympathische Rumäne«, sagte Braun. »Der sympathische Bulgare«, sagte Silvia. Sie stellte den Karton auf den Wohnzimmertisch. Schon seit geraumer Zeit war Silvia mit der Eröffnung eines neuen Lokals beschäftigt, das an einem städtischen Kanal lag. Wenig hatte Michael sie in den letzten Wochen zu Gesicht bekommen. Silvia öffnete das Paket: »Du weißt, was das ist?« – »Du sagst es mir gleich«, sagte Braun. »Das sind die VIP-Einladungen für das *Stadtufer.* 5.000 3D-Postkarten, Baby!« Silvia öffnete das erste Bündel und gab Michael die oberste Postkarte.

Monatelang war nach einem Namen für das neue Lokal gesucht worden, als würden die beiden ein Kind bekommen. Dann wusste Silvia: *Stadtufer* ist der richtige Name. Michael Braun war nicht überzeugt. Silvia bestrafte ihn dafür mit drei Tagen Schweigen. Nun musste er wenigstens die Postkarte loben.

»Und, was gibt es auszusetzen?«, fragte Silvia. »Sehr schön«, sagte Braun, »wirklich sehr schön. Am 20. April ist die Eröffnung?« – »Natürlich«, sagte Silvia, »das weißt du doch. Warum? Was stimmt daran nicht?« – »Du weißt ja«, sagte Braun, »Führers Geburtstag.« – »Welcher Führer?« – »Adolf Hitler«, sagte Braun, »der 20. April war Hitlers Geburtstag.« – »Na und?«, sagte Silvia.

Silvia legte sich auf das Sofa. Braun setzte sich zu ihr und massierte ihre Füße. »Also, weder Tamara noch Zora noch Igor finden irgendetwas dabei, ein Lokal am 20. April zu eröffnen«, sagte Silvia. »Dann ist es schon in Ordnung«, sagte Braun. »Es gibt an diesem Tag Konzerte, Vernissagen, Eröffnungen, alles. Zora kennt sogar jemanden, der an diesem Tag geboren ist«, sagte Silvia. »Alle freuen sich«, sagte sie. »Alle. Nur du musst immer einen Fehler finden.« – »Spielen wir Mihavecz?«, sagte Braun. Silvia wurde noch wütender: »Bitte nicht jetzt, die alte Geschichte! Bitte nicht!«

Wenn Michael Brauns Großmutter, die Mutter seiner Mutter, zu Besuch kam, herrschte große Aufregung. Michael freute sich auf Geschenke. Die Mutter versuchte, einen perfekten Haushalt und eine glückliche Familie vorzutäuschen. Nur der Vater saß bis zur Ankunft der Oma mit Bierflasche und Zeitung am Küchentisch.

Auch am 20. April 1979 saß der Vater mit der Zeitung in der Küche. »Heute ist Führers Geburtstag«, sagte er. Die Mutter wies ihn zurecht, er solle das nicht vor dem Kind sagen, aber wie immer erzählte der Vater dieselbe Geschichte: dass er im Jahr 1939 in der Volksschule nicht gewusst habe, wann der Führer Geburtstag hat, und deswegen zur Strafe hundert Mal den Satz *Der 20. April 1889 ist Führers Geburtstag* schreiben musste. Mindestens so oft hatte Braun diese Geschichte schon gehört.

»Hilde, das musst du dir anhören«, sagte der Vater. Michael Braun saß wie so oft unter dem Küchentisch und betrachtete die Beine des Vaters, die beim Lesen zu wippen begannen. »Die Polizei hat einen Mann eingesperrt«, sagte der Vater, »am 1. April.« – »Was hast du gesagt?«, rief die Mutter aus dem Nebenzimmer. »Und sie haben vergessen, dass er in der Zelle ist. Erst vorgestern haben sie ihn gefunden. Er war 18 Tage lang eingesperrt. 18 Tage ohne Essen und Trinken, ohne Licht, ohne Frischluft. Und er hat überlebt.« – »Sie können jeden Moment da sein«, hörte Braun die Stimme seiner Mutter aus dem anderen Zimmer.

»Ich dachte, nach drei Tagen ohne Wasser ist man tot«, sagte Braun. »Er hat seinen eigenen Urin getrunken«, sagte der Vater. »Die Ärzte sagen, es ist ein medizinisches Wunder, dass er noch lebt.« – »Was hast du gesagt?«, rief die Mutter. »Seinen eigenen Urin hat er getrunken«, rief der Vater zurück. Braun war unter dem Tisch hervorgekrochen und stand neben dem Vater. »Wie lange war er eingesperrt?«, fragte Braun. »18 Tage. Genau 432 Stunden«, antwortete der Vater.

Über dem Artikel waren zwei Fotos abgedruckt. Das rechte zeigte den Gendarmen, der den Mann gefunden hatte, das linke die Zelle. Man sah aber nur eine offene Tür und eine hölzerne Liege, die sich in der Zelle befand. »Und schau, was hier steht«, sagte der Vater und lachte. *»Eines ist Andreas Mihavecz jedenfalls sicher, nämlich ein Eintrag im Guinnessbuch der Rekorde.«* – »Davon hat er was, der arme Kerl!« – »Wie heißt er?«, fragte Michael Braun. »Mihavecz«, sagte der Vater. »Andreas Mihavecz.«

Silvia hatte wenig von der Fußmassage, denn sie telefonierte dabei pausenlos. Michael musste für seinen Kommentar büßen. Hätte er geschwiegen, dann hätte er für sein Schweigen büßen müssen. Braun durfte weder schweigen noch sagen, was er dachte. Braun durfte Silvia nicht Silvi nennen, das durfte nur Zora und sonst niemand. Braun durfte Silvias Unternehmen nicht kritisieren, weder die Namen ihrer Lokale noch das Personal noch die Speise- und Getränkekarten noch die Gäste. »Silvi, wie viele Hugos verkauft ihr am Tag?«, fragte Braun oft, um Silvia zu ärgern. »Der Hugo ist schon lange wieder out«, sagte Silvia. Braun durfte nicht von Kindern reden, denn ihre Kinderlosigkeit deprimierte Silvia. Und Braun durfte keine Geschichten aus seiner Kindheit erzählen.

Michael Braun öffnete die kleine Gerätekammer, die der Vater im Sommer 1978 gebaut hatte. Er entfernte einige Geräte, gerade so viele, dass er den Campingliegestuhl aufstellen konnte. Dann schloss er die Tür hinter sich, sperrte ab, steckte den Schlüssel ein und setzte sich. Braun wartete. Noch hatte er keinen Durst. Außerdem verspürte er keinen Harndrang. Aber selbst wenn es so weit war, wusste er nicht, wie er es anstellen sollte, seinen Urin zu trinken. Ein Glas oder einen Becher gab es in der Gerätekammer nicht.

Michael Braun fand es schade, dass er noch Geräusche von draußen hörte. Er hörte, wie die Mutter mit der Großmutter durch den Garten ging und ihr bei jedem Baum oder Strauch oder Beet erklärte, was sie damit vorhatte. Dann war Braun der Meinung, er höre seine Mutter weinen. Das konnte nicht sein, er irrte sich bestimmt. Dann das Läuten des Telefons der Nachbarn.

Braun hörte die Mutter rufen: »Michael, wo bist du denn?« Mehrmals lief sie im Garten auf und ab, bis er sich entschloss, den Schlüssel aus der Hosentasche zu nehmen und aufzusperren. Braun musste die Augen erst an das Licht gewöhnen. »Was machst du denn da?«, fragte die Mutter. »Deine Oma ist wegen dir gekommen und du versteckst dich.« Mit schnellen Schritten kam die Mutter auf ihn zu. »Was ist denn los?« – »Ich spiele Mihavecz«, antwortete Braun.

»Igor lädt uns am Wochenende ein. Kommst du mit?« Silvia fragte, ohne das Display ihres Mobiltelefons aus den Augen zu lassen. »Sind wir jetzt mit Tamara befreundet oder mit Igor?«, fragte Braun. »Mit beiden«, sagte Silvia.

10. Straßenbahn

Zora ist mit der Adressdatei nicht fertig geworden. Es ist 07:45 Uhr. Wie soll Zora bis 09:00 Uhr fertig sein? Sie muss noch Anja zur Schule bringen. Die Dateien, die sie bekommen hat, hatten alle unterschiedliche Formate. Die halbe Nacht hat Zora Umlaute und scharfe S ausgebessert.

Und er? Sie sieht, dass er im Chat online ist. Er reagiert nicht. Sie betrachtet sein letztes Posting und klickt auf *like*. Er reagiert noch immer nicht. Anja kommt aus dem Badezimmer, Zora klappt den Laptop zu. Schnell die Schultasche geschnappt und hinaus. »Sollen wir zu Fuß gehen?«, fragt Zora. Anja schüttelt den Kopf: »Wir nehmen die Straßenbahn.«

Sie warten an der Straßenbahnhaltestelle. Wertvolle Zeit. In dieser Zeit hätte Zora die Datei fertigstellen können. Zora ist sicher, dass Silvia gleich anrufen wird. 5.000 Einladungen für eine Lokaleröffnung! Wer kann so etwas verstehen? Selbst wenn 200 Personen kommen, ist kein Platz für alle.

»Wieso bist du so still, Anja?« Zora greift nach Anjas Hand. »Ist alles in Ordnung?« – »Was soll denn nicht in Ordnung sein?«, fragt Anja. »Ich weiß nicht, du bist so still.« Plötzlich ist Zora den Tränen nahe. Sie denkt, dass sie an etwas anderes denken muss. An scharfe S und verstümmelte Umlaute zum Beispiel. Zora weiß nicht, wie es ihre Mutter geschafft hat, für ihre Kinder immer Zeit zu haben. Wenn die Lokaleröffnung einmal vorbei ist, wird Zora mehr Zeit haben. Nein. Zora muss sich eingestehen, dass das eine leere Versprechung ist. Sie wird nicht mehr Zeit haben. Silvia hat bestimmt schon einen nächsten Plan. »Wir fahren Ende April einmal weg«, sagt Zora. »In ein Schwimmbad. Mit einer Wasserrutsche.« – »Warum denn?«, fragt Anja. »Einfach so. Damit wir Spaß haben.« – »Wir haben zu Hause auch Spaß«, sagt Anja. »Magst du ins Schwimmbad gehen?«, fragt Zora. Anja schüttelt den Kopf: »Alle pissen ins Wasser.«

Auf der Anzeigetafel steht 6 Minuten. Zora könnte schwören, dass dort gerade noch 5 Minuten stand. Zora flucht. »Bist du nervös?«, fragt Anja.

Die ältere Frau, die neben ihnen steht, lächelt Anja immer wieder zu. Zwei Mal kann Zora dieses Lächeln ertragen. Auch noch ein drittes Mal, dann wird es ihr zu viel. Am Blick der älteren Frau sieht Zora, dass sie sie nicht für Anjas Mutter hält, sondern für eine Erzieherin, die Anja nur zur Schule bringt.

»Meine Tochter«, sagt Zora zu der älteren Frau. Die ältere Frau nickt stumm. »Mit wem redest du da, Mama?«, fragt Anja. »Mit niemand«, antwortet Zora. Anja greift sich mit beiden Händen theatralisch an den Kopf. Sie hält das rote Barett mit beiden Händen fest. »Ich glaube, du redest mit der Alten da«, sagt Anja. »Nicht so laut«, sagt Zora. »Die versteht kein Wort Deutsch«, sagt Anja.

Noch drei Minuten. Zoras Telefon vibriert in ihrer Jackentasche. »Bei dir ruft jemand an«, sagt Anja. Zora nickt. Die alte Frau grinst. »Isst du am Nachmittag in der Kindergruppe?«, fragt Zora. »Ich esse jeden Tag in der Kindergruppe«, sagt Anja. Noch zwei Minuten. »Willst du nicht nachschauen, wer angerufen hat?«, fragt Anja. »Später. Zuerst bringe ich dich zur Schule.«

Zora sieht, wie die Straßenbahn weiter oben um die Ecke biegt und in der Station hält. Braucht sie wirklich noch zwei Minuten bis hierher? Zu Fuß hätten sie die Schule schon längst erreicht.

Die ältere Frau geht Zora auf die Nerven. Es ist so viel Platz an der Haltestelle, aber sie muss sich just einen Meter neben Anja stellen. »Kommst du zu mir, mein Schatz?«, sagt Zora. »Ich bin ja bei dir«, sagt Anja. »Nein, hierher auf die andere Seite«, sagt Zora. »Warum?«, fragt Anja. »Weil ich es sage«, sagt Zora. Wieder greift Anja sich mit beiden Händen an den Kopf. Sie rührt sich nicht von der Stelle. Das rote Barett hat Anja vom KV. Die Straßenbahn kommt und hält.

In der Straßenbahn stellen sich Anja und Zora zur Tür. Sie werden ohnehin nur zwei Haltestellen fahren. Die ältere Frau setzt sich, Anja schaut sie lange an. »Mama, ist man mit 60 Jahren alt?« – »Nein, mit

60 ist man noch nicht alt.« – »Und mit 80? Ist man mit 80 alt?« – »Ja, mit 80 ist man alt.« – »Und mit 79?« – »Mit 79 ist man auch alt.« – »Und mit 78?« – »Was soll das, Anja?« – »Ist man mit 78 alt?« – »Ja.« – »Und mit 77?« – »Hör jetzt auf!«

»Gib mir noch einen Kuss«, sagt Zora, aber Anja läuft schon auf das Eingangstor der Schule zu und verschwindet. Kind weg, Zora ist erleichtert. Jetzt kann sie sich endlich um die Adressdatei kümmern.

Anja ist so schrecklich praktisch und realistisch, denkt Zora. Anja will keine Katze. Überall Haare. Anja will nicht in ein Schwimmbad gehen. Anja will, dass jeder Tag nach Plan abläuft. Und als die Fische im Aquarium eines Morgens plötzlich tot waren und Zora fragte, ob sie neue Fische haben möchte, hat Anja gesagt, dass ihr das Füttern ohnehin immer lästig gewesen sei.

Zora geht nach Hause. Sie läuft. Sie nimmt das Mobiltelefon nicht aus der Tasche. Sie will jetzt nicht nachsehen, wer angerufen hat. Silvia kann so hartnäckig sein. Sie kann keine Stunde auf ein E-Mail warten.

Zora kommt nach Hause und setzt sich an den Laptop. Und er? Er ist immer noch online. Aber geschrieben hat er ihr nicht. Da war der Kindsvater noch besser. Der KV, wie Zora ihn nennt. Der KV könnte auch wieder einmal anrufen und Anja für ein Wochenende zu sich nehmen. Spätestens wenn das *Stadtufer* eröffnet wird, braucht sie ihn.

11. Bundeshymne

In diesem Café Kaffee zu bestellen, war ein Fehler gewesen. Vor allem Cappuccino, sehr gefährlich. Michael Braun hatte das Informationsblatt zur Paartherapie ausgedruckt, es aber nicht gelesen. Silvia würde wütend werden. Ein paar Minuten hatte er noch Zeit. Für so einen Unfug früher von der Arbeit wegzugehen … Braun beschloss, das Informationsblatt nicht zu lesen.

Wie sollte er nur eine Stunde bei diesem Therapeuten überleben? Michael Braun schwitzte. Er überlegte, auf dem WC das Unterleibchen zu wechseln. In seinem Rucksack befand sich immer ein frisches: Feinripp, kurzarm, weiß, medium.

Silvia würde bestimmt zu spät kommen. Oder nicht. Um zu zeigen, dass ihr die Sache wichtig und ernst war, würde sie zur ersten Stunde pünktlich sein. Silvia hatte einen Mann als Therapeuten ausgesucht. Wie könnte Braun dieser Therapie entkommen? Eine Flucht durch das Badezimmerfenster? Ein plötzlicher Schlaganfall des Therapeuten?

Die Fähigkeit zu töten hatte Lukas Gottschlich nicht an Michael Braun weitergegeben. Leider. Es muss 1982 oder 1983 gewesen sein. Braun hatte am Vortag *E. T.* im Kino gesehen und wollte Lukas davon erzählen. Doch nach der zweiten Schulstunde machte der Direktor eine Durchsage, die alles an diesem Tag veränderte. Warum konnte Braun sich nicht an das genaue Datum erinnern?

Die Kellnerin ging mit dem sogenannten Cappuccino an Braun vorbei. Dann machte sie kehrt und brachte die Tasse doch an seinen Tisch. »Ich wollte dem Kaffee nur das Lokal zeigen«, sagte die Kellnerin zu Braun. Großartiger Witz. Bestimmt neu.

»Achtung, eine Durchsage«, sagte der Direktor. »Tief betroffen müssen wir mitteilen, dass unsere liebe Frau Professor Ilona Gaal in der Nacht von gestern auf heute unerwartet von uns gegangen ist. Wir haben den Hinterbliebenen unser tiefstes Mitgefühl zum Ausdruck gebracht. Der Termin für den Gedenkgottesdienst wird noch bekannt gegeben. Heute entfallen damit die Instrumentalstunden bei Professor Gaal.«

Michael Braun war nicht betroffen. Und da er weder Gitarren- noch Klavierunterricht nahm, hatte er Ilona Gaal nicht gut gekannt. Er wusste nur, dass viele Männer von ihr schwärmten. Christian Lerner, sein Klassenkollege, dessen Vater Gendarm war, erzählte, dass sein Vater die Gaal einmal bei einer Polizeikontrolle aufgehalten habe, weil sie viel zu schnell gefahren sei. Als man von ihr die Autopapiere verlangte, habe die Gaal ihre Bluse aufgeknöpft und den Gendarmen ihre Brüste gezeigt. »Wollen Sie noch mehr sehen?«, hatte die Gaal gefragt. »Danke,

Sie können weiterfahren«, hatten die Gendarmen geantwortet. Angeblich. Brauns Vater sagte immer, Michael solle solche Geschichten nicht glauben.

In der Schule herrschte an diesem Tag Ausnahmezustand. In der großen Pause kam Lukas zu Michael. »Ich muss dir etwas erzählen«, sagte er. »Aber nicht hier.« Sie gingen einen langen Gang entlang und konnten sich an dem Lehrer, der die Gangaufsicht hatte, vorbeischleichen, um in das Stiegenhaus zu gehen. Das war verboten. Vor allem der Aufenthalt im Stiegenhaus war verboten.

Im letzten Stock vor dem Dachboden blieb Lukas stehen. »Die Gaal«, sagte Lukas. »Was ist mit der Gaal?« – »Du darfst es niemand erzählen«, sagte Lukas. Michael Braun verstand nicht. »Schwör mir, dass du es keinem erzählst«, sagte Lukas. »Was denn?« – »Schwör!« Michael Braun schwor. Lukas drehte Michael den Rücken zu und blickte durch das Fenster. »Ich war es«, sagte Lukas. »Ich habe die Gaal getötet.«

»Wie hast du das gemacht?« Noch dachte Braun an eine Pistole, ein Messer, an Gift oder eine besonders seltene, ausgefallene Mordwaffe. »Ich habe ihr den Tod gewünscht, verstehst du? Heute Morgen. Ich war letzte Woche wieder ganz schlecht in Klavier. Sie hat bemerkt, dass ich nicht geübt hatte. Und da hat sie mir zur Strafe aufgegeben, den Text der Bundeshymne abzuschreiben.« – »Ja, und?« Lukas verstand nicht, dass Michael nicht verstand. »Instrumentalunterricht ist ein Freifach, da kann ein Lehrer doch keine Strafe aufgeben. Heute Nachmittag hätte ich wieder Unterricht gehabt. Und weil ich die verdammte Bundeshymne nicht abgeschrieben habe, habe ich ihr im Schulbus den Tod gewünscht. Und jetzt … jetzt ist sie wirklich tot.«

Michael Braun überlegte, ob das wirklich Mord war. Wahrscheinlich nicht. Und wer sagte denn, dass die Gaal nicht schon tot war, bevor ihr Lukas Gottschlich im Schulbus den Tod gewünscht hatte. Ein wenig war Michael aber auch neidisch. Bei ihm hatte das noch nie funktioniert. Onkel Kurt, der Lügner, lebte immer noch. Und vor allem log er immer noch. Michael tröstete Lukas und hatte *E. T.* schon vergessen.

Michael Braun bezahlte den Kaffee mit Schlagobers, der sich von der Kellnerin das Lokal hatte zeigen lassen, sofort. Er hatte das Informationsblatt nicht gelesen. Paartherapie ist ein Freifach, dachte er.

Silvia stand schon vor der Tür. »Ich muss nachher gleich wieder weg, wir haben so viel Arbeit«, sagte sie. »Machen wir das Richtige?«, fragte Silvia. Michael Braun schüttelte den Kopf. »Ich bin mir sicher, dass es unnötig ist«, sagte er. »Aber jetzt haben wir es nun einmal beschlossen, jetzt schauen wir uns das auch an.«

Auf der Gegensprechanlage stand *Therapeut*. Das war Michael Braun unangenehm. Er hatte außerdem Angst, jemand zu begegnen – etwa einem anderen Paar, das gerade von der Therapie kam. Irgendwann würde man einander wieder begegnen, zum Beispiel auf einer Silvesterparty. Und was würde man dann sagen? »Ah, jetzt weiß ich, woher wir uns kennen.«

»Hast du das Informationsblatt gelesen?«, fragte Silvia. »Ja, sicher.« Im Stiegenhaus war es kalt. Leider war die Praxis des Therapeuten gleich im Hochparterre. Es gab keine Möglichkeit mehr, Zeit zu gewinnen.

Silvia und Michael wurden in ein Wartezimmer gebeten. Zuerst saßen sie stumm da. Dann hantierte Silvia an ihrem Mobiltelefon herum. »Hast du dein Handy auch auf lautlos gestellt?«, fragte Silvia. Michael Braun griff in beide Jackentaschen. Ich habe es zu Hause vergessen.

12. Das nächste Mal

Vielleicht kommt sie nicht, denkt Michael Braun. Oder ich habe mich im Tag geirrt. Im Moment würde es ihm nichts ausmachen. Erst nach mehreren Anläufen hat Michael es geschafft, Silvia ein E-Mail zu schreiben. Die E-Mail-Adresse hat er sich seit dem Neujahrstag auswendig gemerkt. Zuerst erwartete er, dass er eine Nachricht über einen Zustellungsfehler erhalten würde, aber Silvia bekam sein E-Mail und antwortete wirklich.

In seiner Jugend hatte Braun vor einer Verabredung immer Angst, dass er die Person nicht erkennen würde. Niemals ist diese Befürchtung eingetreten, doch die Angst war vor jedem Treffen wieder da. Michael bestellt nur ein Getränk und macht der Kellnerin klar, dass er noch auf jemand wartet. Das ist ihm unangenehm, aber das Lokal ist nicht voll. Und die Kellnerin hat ihn vermutlich ohnehin nicht verstanden.

SILVIA: Warum wolltest du mich zu Silvester küssen?
BRAUN: Ich hatte einfach Lust dazu.
SILVIA: Warum wolltest du mich zu Silvester küssen?
BRAUN: Ich habe in dem Moment einfach gesagt, was ich mir gedacht habe.
SILVIA: Warum wolltest du mich zu Silvester küssen?
BRAUN: Ich habe dich den ganzen Abend lang beob-

achtet. Du hast mir so gut gefallen. Ich habe mich ein wenig verliebt in dich. Und nach den Gin Tonics …

SILVIA: Warum wolltest du mich zu Silvester küssen?

BRAUN: Ich weiß nicht.

SILVIA: Männer wissen nie etwas. Was weißt du eigentlich über mich?

BRAUN: Ich weiß, dass dein Mann Michael Braun heißt – so wie ich.

SILVIA: Und weißt du auch, dass deine Frau seit Kurzem meine Buchhaltung macht?

BRAUN: Das hat sie mir erzählt, aber …

SILVIA: Aber?

BRAUN: Aber sie ist nicht meine Frau. Ich meine, wir sind nicht verheiratet.

Braun könnte schnell bezahlen und das Lokal verlassen. Nein, er wird viel gelassener sein müssen. Was ist schon geschehen? Er hat Silvia einmal geküsst. Er glaubt, dass sie ein Auge in der Schulter hat. Aber das kann er ihr wohl nicht als Erstes sagen. Oder doch?

SILVIA: Warum hast du dich erst jetzt gemeldet?

BRAUN: Ich wollte dir schon lange schreiben.

SILVIA: Warum hast du dich erst jetzt gemeldet?

BRAUN: Ich dachte, vielleicht willst du nicht daran erinnert werden.

Silvia: Warum hast du dich erst jetzt gemeldet?
Braun: Hast du ein Auge in der rechten Schulter?

Nein, das ist entsetzlich. Das klingt, als würde er originell sein wollen. Ein wenig Schüchternheit kann nicht schaden. Michael Braun blickt auf sein Mobiltelefon. Kein SMS. Keine Absage. Es kann sein, dass er sich im Tag geirrt hat.

Braun: Dein Nacken.
Silvia: Was ist mit meinem Nacken?
Braun: Dein Nacken ist für mich …

Auch das geht nicht. Silvia wird dann glauben, dass es nur ihr Nacken ist, der Braun gefällt. Obwohl es auch ein Kompliment wäre. Irgendein Kompliment wird er ihr ja machen müssen. Vielleicht mehrere auf einmal?

Braun: Es tut mir leid, dass ich auf der Party … diese Sache mit dem Küssen. Es war dumm von mir.
Silvia: Nein! Es war mutig.

Braun vermutet viele unerwartete Eigenschaften in Silvia. Silvia Braun. Irgendwie passt dieser Nachname zu ihr. Ein wenig unfreundlicher als zuvor fragt die Kellnerin Braun, ob er bestellen möchte. Eine unfreundliche Vietnamesin? Wo gibt es denn so etwas? In Vietnam bestimmt nicht. Braun lässt sich nicht erweichen. »Ich warte auf jemand«, sagt er.

Das Gespräch mit Silvia verläuft überraschend angenehm. Silvia erzählt nicht von ihrem Mann. Nach dem Essen überreicht sie Braun eine Einladung. *Stadtufer*, eine Eröffnungsparty. »Ist das dein Lokal?«, fragt Braun. »Sagen wir so, ich bin die Geschäftsführerin.« Sie bestellen noch Kaffee. »Und dein Mann?«, fragt Braun. »Kommt er nicht auch dorthin?« – »Da kommen viele hin«, sagt Silvia. »Hoffe ich zumindest.«

Dann läutet Silvias Telefon. »Es tut mir leid«, sagt sie. »Mein Mann ruft mich sonst nie an … Aber gerade dann, wenn … Nein, es ist gar nicht mein Mann. Entschuldige, ich muss kurz rangehen«, sagt Silvia.

Sie steht nicht auf, sondern telefoniert am Tisch: »Zora, jetzt beruhige dich. Hör auf zu weinen, das ist doch kein Malheur. Du machst die Adressen heute fertig, und wir verschicken alles morgen. Ich kann jetzt nicht lange reden, ich bin in einer Besprechung.«

Silvia entschuldigt sich. »Bist du nervös?«, fragt sie. »Ich habe daran gedacht, wieder zu gehen, bevor du gekommen bist.« Silvia lacht. »Ich habe auch daran gedacht, noch umzukehren auf dem Weg hierher. Aber dann bin ich doch gekommen.«

Die Kellnerin bringt den vietnamesischen Kaffee. Langsam tropft der Kaffee aus dem Aufsatz in das Glas. Beide warten geduldig.

»Vielleicht bin ich nicht die, die du in Erinnerung hast«, sagt Silvia. »Ich meine, es war spät, es war dunkel, wir waren nicht nüchtern.« Braun müsste nun sagen, dass er erst Silvias Nacken sehen müsse, um das beurteilen zu können. »Treffen wir uns jetzt öfter?«, fragt Silvia. Braun antwortet nicht.

Braun muss zur Straßenbahn und begleitet Silvia ein Stück. Im Gehen kann er schnell einen Blick auf ihren Nacken werfen. Es ist der richtige Nacken, keine Frage. Silvia bleibt stehen und dreht sich um. Silvia küsst Braun auf die Wange. Zuerst links, dann rechts. Bevor sie geht, dreht sie sich noch einmal zu ihm um. Braun nutzt die Gelegenheit. Er küsst Silvia. Diesmal wirklich. Nach einiger Zeit löst sie sich und geht davon. Braun lächelt. Er steht da und blickt Silvia nach. Sie dreht sich um und winkt ihm. Gerne würde Braun Silvias Nacken noch einmal betrachten. Das nächste Mal.

13. Manuelle Datenverarbeitung

Vesna Mladić war die Einzige, die nicht auf ihr Mobiltelefon blickte, während Dr. Schellander sprach. Auch Michael Braun warf sie keinen Blick zu. Sie saß da, kaute Kaugummi und blickte einmal aus dem Fenster. Im Innenhof wurde ein Fenster nach dem anderen geschlossen. Die meisten verließen das Büro, während Schellander redete und redete.

Drei Jahre lang hatte Michael Braun mit Vesna ein Büro geteilt. Und täglich hatte sie die Arbeit mit demselben Satz begonnen, während sie ihren Rucksack auf den Schreibtisch warf und den Computer einschaltete: »Ich will nicht!«

Vesna wollte nicht. Und Vesna wollte nichts. Ihr Lachen, wenn ein solches überhaupt existierte, hatte kein Mensch jemals gesehen. In fünfzehn Jahren hatte Michael Braun niemals außerhalb des Amtsgebäudes von Vesna gesprochen, so wie er im Amtsgebäude nicht über sein Privatleben, seine Frau Silvia, seine Mutter oder irgendjemand anderen sprach.

Dr. Schellander hielt wie immer eine langatmige Rede, die die Situation der Abteilung, die er leitete und die gerade vor ihm saß, ohne ihm zuzuhören, auf den Punkt bringen sollte: »In dieser Zeit … in den nächsten … wir können nicht mit mehr rechnen. Der neue Stadtrat hat ganz klar … es gibt hier keine Möglichkeiten …«

Hätte Braun nur seine Abschlussarbeit über Tintoretto fertig geschrieben!

Da er sein Studium aber nicht abgeschlossen hatte, brachte ihn der Vater, kurz vor seinem Tod, mithilfe seiner Beziehungen zum Rathaus im Meldeamt unter. Und während solche Abteilungen in der restlichen Welt bereits IT-Abteilung hießen, war es im Amt immer noch die EDV. Oder, wie Braun gerne sagte, die MDV – manuelle Datenverarbeitung.

Draußen, vor den Fenstern des hässlichen Gebäudes, befand sich die wirkliche Welt. Im Inneren des hässlichen Gebäudes befand man sich in einer geschützten Werkstätte. Dahin passte Vesna Mladić, die es in ihrem Leben sogar versäumt hatte, etwas zu versäumen. Viele Kolleginnen und Kollegen waren jahrelang der Auffassung, Vesna hasse sie. Doch Vesna hasste niemand. Sie wollte einfach nicht.

Irgendetwas musste Dr. Schellander gesagt haben, denn mit einem Mal sprangen alle auf und verließen den Sitzungsraum so schnell es ging. Auch Vesna ging kauend davon. »Braun, Sie brauche ich noch«, sagte Dr. Schellander.

Michael Braun schaute auf Vesna Mladićs Schultern, und er sah dort das leichte Zucken, mit dem sie sich darüber freute, dass Braun noch nicht gehen durfte. »Machen Sie die Tür zu«, sagte Schellander. Unter vier Augen wurde Schellander unerbittlich, fast unhöflich. Seine Sätze waren plötzlich vollständig, unmissverständlich, kurz.

»Ich muss es Ihnen jetzt sagen: Wir müssen in den nächsten zwei Jahren mit der vollständigen Digitalisierung der Altbestände fertig werden. Wir sind die Letzten. Ich will nicht zum Gespött der Stadtregierung werden. Verstehen Sie? Der neue Stadtrat hat keine Geduld für Ausreden. Also: Sie schaffen das!«

Braun kannte den Verlauf dieses Gesprächs bereits. Es hatte in den letzten elf Jahren mehrmals stattgefunden. Er atmete ein und wollte etwas sagen, aber Schellander unterbrach ihn, bevor er unterbrochen werden konnte. »Ich weiß, ich weiß, Sie würden das gerne machen, aber neben dem Tagesgeschäft geht es nicht«, sagte Dr. Schellander. »Aber wir bekommen niemand Neuen. Punktum. Sie können nur jemand aus dem Haus haben. Wollen Sie die Mladić wieder?«

Michael Braun hatte noch Vesnas Rücken vor Augen und hätte beinahe Ja gesagt. »Nein, nein«, sagte Braun. »Da brauchen wir Güler.« – »Was«, sagte Schellander, »die kleine Türkin? Die brauche ich doch unten.« Braun zuckte mit den Schultern. »Anders ist es nicht zu schaffen!«

Dr. Schellander trat ans Fenster. »Sagen Sie, habe ich vor Kurzem Ihre Frau im Fernsehen gesehen?« Braun nickte. »Sehr tüchtig«, sagte Schellander. »Eine sehr tüchtige Frau haben Sie da. Also, ich hoffe nicht, dass Sie jetzt in Kürze ... ich meine ... ich wünsche Ihrer Frau alles Gute, das ist keine Frage. Aber nicht, dass Sie mir hier aufhören, bevor ... bevor unser Projekt zu Ende ist.«

Dr. Schellander drehte sich zu Braun um. Braun hoffte, Schellander würde bald aufhören mit seinem Monolog. Oder sollte er ihm von der Paartherapie erzählen?

»Gut«, sagte Schellander dann. »Also Güler. Meinetwegen. Aber sie sitzt bei Ihnen im Büro. Und in vier Monaten kann sie alles. Ich sage, alles. Und ich meine, alles.«

Es war schon 17:30 Uhr und immer noch sonnig. Und das im April. Michael Braun hätte fröhlich sein können. Wie immer ging er zu Fuß bis zum Kanal. Sollte er noch beim *Stadtufer* vorbeischauen und die Aufbauarbeiten beobachten? Silvia würde sich freuen. Nein, es würde sie bestimmt nervös machen.

Von Güler würde Michael Braun Silvia nicht erzählen. Aber vielleicht ahnte Silvia schon alles. Es war immer so: Wenn sie ihm in die Augen sah, schüttelte sie sofort den Kopf. »Du und die dunkelhäutigen Frauen«, sagte sie dann immer. »Da ist nichts zu machen.« Dabei fand Braun, dass auch Silvia dunkelhäutig war, zumindest dunkelhäutiger als der Durchschnitt. Aber niemals, kein einziges Mal, hatte er es ihr bis dahin gesagt.

Tintoretto: Warum hast du nicht Vesna genommen?

Braun: Sie taugt zu nichts, Meister Tintoretto.

Tintoretto: Ach, komm. Du kannst sie einladen. Ein Bier. Oder ein Hugo vielleicht?

Braun: Vesna? Die redet doch den ganzen Abend kein Wort.

Tintoretto: Du triffst sie doch nicht zum Reden.

Braun: Ich treffe sie gar nicht. Thema beendet!

Tintoretto: Schau doch beim *Stadtufer* vorbei. Dort ist diese kleine Serbin, die hat ein Auge auf dich geworfen. Sie hat Probleme mit einer Adressdatei. Da kannst du doch helfen!

Braun: Du meinst Zora?

Tintoretto: Ja, Zora. Die wäre was für dich.

Braun: Die hat doch ein kleines Kind!

Tintoretto: Ja, und? Sind doch reizend, die Bambini.

14. Ein Meer namens Mund

»Frag nicht immer warum«, sagt Zora. »Und frag jetzt nicht, warum du nicht immer warum fragen sollst«, sagt Zora. Sie hat Anja in das Gasthaus mitgenommen, denn Anjas Lieblingsgericht ist Wiener Schnitzel. Zora muss immer lachen, und der KV muss auch immer lachen. Das Lieblingsessen der Tochter einer Serbin und eines Kroaten ist Wiener Schnitzel. Wiener Schnitzel mit Pommes.

»Ich muss morgen arbeiten, ganz lang. Du kennst doch Silvia, oder? Sie eröffnet ein neues Lokal. Komm, wir setzen uns dort in die Ecke.« Anja setzt sich an den Tisch. »Und darum holt der Papa dich ab. Ist doch okay, oder?«

Anja antwortet nicht. Der Kellner kommt mit der Karte. »Danke, wir brauchen die Karte nicht.« – »Zweimal *Menü eins*?«, fragt der Kellner. »Einmal mit Pommes und einmal mit Kartoffelsalat.« Zora bestellt zweimal Apfelsaft, Anja protestiert. Sie will ein Cola. Anja bekommt ein Cola. Der Kellner geht wieder.

Zora ist müde, sie hat Tag und Nacht gearbeitet. Silvia ist unerbittlich, aber sie hat Zoras Einsatz gesehen. Dass Zora Anja überhaupt noch von der Kindergruppe abholen konnte, war nicht selbstverständlich. Schließlich hat Silvia Zora aber gehen lassen und ihr aus schlechtem Gewissen einen Zweihunderteuroschein in die Hand gedrückt. »Geh mit der Kleinen gut essen.« Der Kellner bringt die Getränke. »Einmal Cola, einmal Nicht-Cola«, sagt er.

»Darf ich auch in dieses Lokal?«, fragt Anja. »Ja, sicher, wenn es dann auch tagsüber offen hat, gehen wir am Samstag einmal hin.« Anja ist zufrieden. Zora ist erleichtert, dass Anja zufrieden ist. Ein Klingelton. »Du hast ein SMS bekommen«, sagt Anja. Zora blickt auf ihr Mobiltelefon. Silvia. *ER KOMMT.* Das bedeutet, dass der Bürgermeister morgen zur Eröffnung kommt. Silvia ist seit Wochen von dieser Idee besessen. Zora hat keine Ahnung, warum es unbedingt der Bürgermeister sein muss. Silvia hat nicht lockergelassen. Sie hat es geschafft.

Silvia ist zurzeit nicht zu bremsen. Die Midlife-Crisis, denkt Zora. Kinder hat sie ja keine, denkt Zora. Und dann denkt Zora etwas, das sie nicht denken soll. Das Essen kommt. »Einmal Pommes, einmal Nicht-Pommes«, sagt der Kellner. Jeder Kellner hat seinen eigenen Lieblingsspruch, nur Zora hat keinen.

Zuerst isst Anja schnell und schweigend, dann aber scheint sie plötzlich satt zu sein. Zora fordert Anja auf, alles aufzuessen. Sie denkt, dass das vielleicht nicht richtig ist. Anja schneidet ein Stück vom Schnitzel ab. Sie spießt das Stück Schnitzel mit der Gabel auf, hält die Gabel in die Höhe und schwenkt sie nach links und rechts. Dann öffnet sie den Mund und kommt mit der Gabel langsam ihrem Mund näher. »Ein Schiff namens Schnitzel fährt in ein Meer namens Mund«, sagt Anja. Dann wiederholt Anja dasselbe mit den Pommes. »Ein Schiff namens Pommes fährt in ein Meer namens Mund«, sagt sie. Was ist eigentlich die Einzahl von Pommes, denkt Zora. Anja macht es mit jedem einzelnen Bissen. »Ein Schiff namens Pommes fährt in ein Meer namens Mund.«

Zora überlegt, ob sie Anja das Spiel mit dem Essen verbieten soll. Aber dem Kind alles zu verbieten, ist auch nicht gut. Zora nimmt das Mobiltelefon und schreibt Silvia zurück: *Wahnsinn, du hast es geschafft. Du bist die Beste.* Sie liest das SMS und achtet darauf, dass sie keinen Fehler gemacht hat.

Zora will keine Fehler machen. Sie ist froh, dass es Silvia gibt, dass sie bei ihr arbeiten kann und genug Geld verdient. Aber Silvia ist anstrengend. Anstrengend. Fordernd.

»Ein Schiff namens Pommes fährt in ein Meer namens Mund.« Es sind noch einige Schiffe auf Anjas Teller. Auf dem Mobiltelefon sieht Zora, dass er jetzt online ist. Sie schreibt ihm eine kurze Nachricht. *Hast du übermorgen Zeit?* Er antwortet sofort: *Ja. Kommst du zu mir?* Zora tippt: *Ja.* Danach erst schickt sie das SMS an Silvia ab.

»Wem schreibst du?«, fragt Anja. »Silvia. Weißt du, der Bürgermeister kommt zur Eröffnung des

Lokals.« Anja reagiert nicht. Plötzlich springt sie auf und läuft Richtung Eingang. Der KV ist schon da. Sogar zu früh. Zora ist froh. Sie geht auf ihn zu.

»Ich habe schon alles eingepackt. Danke, dass du Zeit hast«, sagt Zora. »Du weißt, wir eröffnen das neue Lokal.« Der KV nickt. »Kannst du Anja gleich für zwei Tage nehmen?«, fragt Zora. Der KV nickt.

»Ich gehe noch aufs Klo«, sagt Anja. »Ist gut, mein Schatz«, sagt der KV und Anja läuft weg. Der KV schaut Zora in die Augen. »Du siehst müde aus.« – »Es ist … es ist ein bisschen viel gewesen die letzten Tage«, sagt Zora. Der KV streicht Zora mit dem Finger über die Wange. »Franjo, bitte nicht«, sagt Zora. Aber da küsst er sie schon, und sie küsst ihn. Sie hat vergessen, wie es ist. Gar nicht einmal so schlecht, denkt Zora.

Als Anja zurückkommt, nimmt sie gleich ihren Rucksack. »Vergiss dein Barett nicht«, sagt Franjo. Zora gibt Anja ein Küsschen. Dass sie sich von sich aus von Anja verabschieden musste, zeigt ihr, dass Anja sich auf die zwei Tage mit dem KV freut. Zora ist erleichtert.

Zora sitzt alleine am Tisch. Sie ruft den Kellner, um zu bezahlen. In ihrer Geldtasche ist zu wenig Geld. Sie gibt dem Kellner den Zweihunderteuroschein, den sie von Silvia bekommen hat. »Eigentlich nehmen wir keine Zweihundert- und keine Fünfhunderteuroscheine«, sagt der Kellner. »Ist das

Geld oder ist das Nicht-Geld?«, fragt Zora. Der Kellner lacht nicht. »Ist in Ordnung, ich mache für Sie eine Ausnahme«, sagt er.

Zora verlässt das Gasthaus. Über ihrem Kopf hat sich eine Decke aus Wolken und Nicht-Wolken gebildet, durch die Funksignale Nachrichten und Nicht-Nachrichten an ihr Mobiltelefon senden, die ihr angenehm und nicht-angenehm sind.

15. Der Patriot

Um die Sperrstunde anzuzeigen, spielte Michael Braun auf der Musikanlage des *Stadtufers* die Bundeshymne ab. Silvia hatte sich mit dem Personal längst an einen Tisch gesetzt, und immer, wenn jemand aufstand und sich verabschieden wollte, überredete sie ihn zum Bleiben.

Zora starrte auf ihr Mobiltelefon. Sie betrachtete das Posting mit dem Selfie, das das Personal mit dem Bürgermeister gemacht hatte. »300 Likes«, rief sie einmal aus. Jubel folgte. Anstoßen mit Champagner. Braun spielte die Bundeshymne noch einmal ab. »Unser Patriot«, sagte Silvia und entkorkte zwei weitere Champagnerflaschen.

Früher am Abend war sogar Onkel Richard gekommen. »Mit Bürgermeistern kennt sie sich aus, deine Silvi«, hatte er gesagt und Silvia den Arm um die Schulter gelegt. Kein Wort des Protests.

Um 02:30 Uhr morgens saßen nur noch ein paar Personen an einem Tisch. Silvia war in Feierlaune. Das Rauchverbot war längst aufgehoben. Die Bundeshymne, egal wie oft abgespielt, blieb völlig wirkungslos.

Michael Brauns Patriotismus war eine Alterserscheinung. Am 3. Juni 1978 hatte er, auf dem Schoß des Vaters sitzend, Zigaretten gestopft, während im Fernsehen Fußball lief. Es war noch der alte

Schwarz-Weiß-Fernsehapparat, auf dem beim Eishockey Russen und Kanadier schwer zu unterscheiden waren. Links von Braun lag eine Schachtel mit Filterhülsen, rechts der Tabak und dazwischen eine Tabatiere, in welche die fertig gestopften Zigaretten gelegt wurden. Braun schaffte in einer Halbzeit leicht 40 oder 50 Zigaretten, sodass der Vater irgendwann Stopp sagen musste.

Es lief Österreich gegen Spanien. Braun wurde schon nach neun Minuten vom ersten Torruf unterbrochen. Weil er auf seine Tätigkeit konzentriert war, hatte er das Tor versäumt. Schachner hatte aus ungewöhnlich spitzem Winkel den Ball direkt ins Tor geschossen.

Am Tisch wurde wieder gejubelt und angestoßen. Silvia forderte Michael mehrmals auf, sich auch an den Tisch zu setzen. Es war kein Ende in Sicht, noch lange nicht. Und ein Stadtuferpatriot musste durchhalten, wenn er sich von Silvia keine Vorwürfe anhören wollte.

Der 2:1-Sieg der Österreicher gegen Spanien war eine Sensation. Braun hatte die zweite Spielhälfte nicht mehr gesehen. Er hatte schon genug Zigaretten gestopft und spielte auf dem Teppich. Der Vater saß am Tisch, trank Bier und rauchte. Am nächsten Morgen erzählte er beim Frühstück, dass Schachner, der Schütze des ersten Tores, in einem Interview nach dem Spiel gesagt habe, er habe eigentlich einen

Pass vor das Tor spielen wollen, den Ball aber schlecht getroffen und so unabsichtlich ins Tor befördert.

Der Vater machte einen hämischen Kommentar über das Glück, das die Österreicher gehabt hätten, und über Schachners Naivität, die Wahrheit in einem Interview zuzugeben.

Die 400-Like-Marke wurde überschritten. Das Gespräch drehte sich darum, dass das Aufeinandertreffen von Tamara und Igor bei der Eröffnung unproblematisch gewesen sei.

Im Schulhof wurde einen Tag nach dem Match über den Sieg der Österreicher diskutiert. Braun wiederholte den Kommentar seines Vaters über Schachners Glückstreffer und das Glück der Österreicher überhaupt. Die anderen hörten entsetzt zu. Manche schüttelten den Kopf.

Mitten im Sachunterricht hob ein Mitschüler Brauns (wahrscheinlich Stefan Kalt, doch Braun war sich nicht mehr sicher) die Hand und meldete sich zu Wort: »Frau Lehrer, Frau Lehrer, der Braun hält nicht zu Österreich.«

Silvia ließ sich feiern. Die Stimmung war ausgelassen. Bestimmt würde es bis 05:00 Uhr oder länger dauern, dachte Michael Braun. Er ging aus dem Lokal und stand am Ufer. Die Promenade war schon menschenleer.

TINTORETTO: Jetzt setz dich endlich zu den anderen und sprich mit ihnen. Silvia freut sich, und die kleine Zora steht auf dich. Erzähl ihnen etwas!

BRAUN: Silvia hasst meine Geschichten.

TINTORETTO: Das stimmt nicht.

BRAUN: Außerdem hat der Patriot keine eigene Stimme.

TINTORETTO: Wer spricht dann mit mir?

BRAUN: Niemand. Der Patriot hat keine eigene Stimme. Der Patriot hat immer nur die Worte anderer wiederholt. So ist er auch zum Nicht-Patrioten geworden.

TINTORETTO: Der Patriot hat ein gutes Gedächtnis.

BRAUN: Der Patriot merkt sich Geschichten und Meinungen anderer und wiederholt sie vor anderen, um ihre Reaktion zu testen.

TINTORETTO: Und wann ist der Patriot er selbst?

BRAUN: Wenn er schweigt.

TINTORETTO: Ach, immer das Gejammer. Hier wird ein Fest gefeiert, feiere mit!

Michael Braun ging wieder ins Lokal und setzte sich an den Tisch. Die Musikanlage war nicht mehr in Betrieb. Inzwischen war eine Diskussion über die Flüchtlinge im Gange. Diese Diskussion war unvermeidlich, wo man auch hinkam. Um abzulenken, erzählte Michael Braun folgende Begebenheit.

Im Jahr 1980 kam ein Junge aus dem Iran in seine Klasse. Die Mutter sagte zu Michael, der persische Junge und seine Familie seien arm, weil sie ihr Land verlassen mussten und alles verloren hätten. Sie seien fremd hier und brauchten Hilfe. Braun solle sich mit dem Jungen anfreunden. Das tat er auch. Der Junge hieß Reza, war immer gut gekleidet und bald Brauns bester Freund.

Nach einigen Wochen kam Reza vor Schulbeginn zu Braun. »Ich habe gestern Nachmittag bei euch angerufen«, sagte er, »um zu fragen, ob du vorbeikommen willst.« Braun antwortete, er wisse nichts von einem solchen Anruf. »Ich kann dir nur sagen«, sagte Reza, »der Hausdiener, den ihr habt, hat sehr schlechte Manieren. Er war so unfreundlich zu mir, ich würde ihn kündigen.« Erst nach einiger Zeit fiel Braun ein, dass Reza seinen Vater gemeint haben musste.

Silvia lachte. Und auch die anderen lachten. Doch auch diese Geschichte war natürlich nicht von ihm. Nichts war von ihm. Weder das Schweigen noch das Nicht-Schweigen. Die Nacht war noch nicht zu Ende.

16. Spiralen

Tamara wartet. Silvia ist eine halbe Stunde verspätet. Sie hätte sie nicht anrufen sollen. Einen Tag nach der Eröffnung des neuen Lokals ist sie bestimmt angeschlagen. Silvia hat gesagt, dass es ein wenig dauern würde.

Tamara macht Tee. Sie müsste die Küche aufräumen, aber sie fühlt sich zu schwach dazu. Am besten wäre es, das unsaubere Geschirr in Müllbeutel zu stecken, wegzuwerfen und neues zu kaufen. Alles wäre sauber. Alles wäre neu.

TAMARA: Igor? Igor? Bist du da? Hast du dich gefragt, warum ich gestern keinen Alkohol getrunken habe?

IGOR: Ein Drittel des in Lokalen bestellten Alkohols wird nie getrunken.

TAMARA: Kannst du dich an den Abend erinnern, als du die Stereoanlage abgeholt hast? An dem Abend muss es passiert sein!

IGOR: Mein Gott! Ich habe dich gefragt, ob ich die Anlage abholen kann. Was ist denn so schlimm daran?

TAMARA: Du verstehst mich nicht, Igor. Du verstehst überhaupt nichts. Du verstehst immer nur allgemeine Sätze und Statistiken. Igor, ich bin schwanger.

Igor: Eine Schwangerschaft mit 42, das ist aber ein seltener Fall.

Tamara: Ich weiß allerdings nicht, ob du der Vater des Kindes bist, Igor. Wahrscheinlich bist du es. Aber es waren auch noch andere Männer bei mir, seit du mich verlassen hast. In unserem Bett, auf unserer Couch, auf unserem Vorzimmerteppich, dessen Name ich immer vergesse.

Igor: Belutsch.

Tamara: Belutsch. Und wenn man betrunken ist, dann passt man nicht immer so auf. Es waren elf Männer. Elf. Ich habe für dich mitgezählt. Weil du ja Statistiken so magst. Und einer davon, oder vielleicht zwei, könnten auch … Warum schweigst du?

Igor: Männer schweigen und starren in ihr Bier. Das hat mein Onkel immer gesagt.

Tamara: Wer denkt jetzt an alles? Schwangerschaftsgymnastik. Ultraschall. Ein Kinderwagen kostet heute ein Vermögen.

Tamara geht ins Wohnzimmer und legt sich auf den Teppich. Sie liegt dort, wo am Neujahrstag die Rothaarige gelegen ist. Wieder fällt ihr der Name nicht ein. Silvia hat Tamara erzählt, dass die Rothaarige sich zurzeit in einer Entzugsklinik aufhält. Die Rothaarige wollte sie küssen, damals am 1. Januar.

Evelyn: Ich heiße Evelyn.

TAMARA: Evelyn, genau. Sogar von Frauen habe ich Angebote bekommen in dieser Zeit. Igor, hörst du zu?

IGOR: Wir müssen doch zu dieser Paartherapie gehen.

TAMARA: Silvia sagt, es bringt überhaupt nichts. Sie macht das gerade mit Michael. Es kostet nur Geld.

IGOR: Die Krankenkasse zahlt einen Teil davon.

TAMARA: Ich würde das Geld viel lieber in die Schwangerschaftsgymnastik investieren. Igor, du musst einmal vorbeikommen. Du musst mit mir reden. Richtig reden.

EVELYN: Ich konnte nicht zur Eröffnung kommen. Ich bin zurzeit gar nicht zu Hause. Da, wo ich bin, gibt es Kreativworkshops. Da zeichne ich immer Spiralen. In der ersten halben Stunde von innen nach außen und in der zweiten halben Stunde von außen nach innen. Die Wohnung fand ich übrigens ziemlich cool. Sei doch froh, dass der Typ nichts mehr von dir wissen will. Ein Kind kann man auch alleine großziehen.

TAMARA: Und wenn das Kind wissen will, wer sein Vater ist?

Tamara wirft einen Blick auf ihr Mobiltelefon. Kein Anruf. Eine halbe Stunde wird sie noch warten. Und dann?

EVELYN: Ich würde dir gerne helfen.

TAMARA: Du kannst mir nicht helfen.

EVELYN: Wenn du eine Frage an Alfredo hast, kann ich sie ihm heute noch stellen.

TAMARA: Ich habe eine Frage an Igor. Und ich brauche jetzt Igor und sonst niemand, verstehst du? Ich brauche keine rothaarigen Alkoholikerinnen. Ich brauche keine Männer, die eine Minute nach dem Sex das Interesse verlieren, ich brauche keine Gespräche mit Toten. Ich brauche Igor.

EVELYN: Den würde ich links liegen lassen.

IGOR: Ich kann am Sonntag kurz bei dir vorbeischauen.

TAMARA: Am Sonntag? Am Sonntag? Und was heißt hier *kurz vorbeischauen*?

IGOR: Hast du nun Zeit oder nicht?

TAMARA: Er darf nicht weggehen, verstehst du? Igor will nach Boston. Wie kann er mir das antun!

EVELYN: Mir ist das zu viel Drama.

TAMARA: Ihn interessiert nicht einmal sein eigenes Kind!

Es läutet an der Tür. Tamara steht auf und geht ins Vorzimmer. Mit Tränen in den Augen öffnet Tamara die Eingangstür.

17. Mahlzeit

Güler war fasziniert, als Michael Braun ihr das Archiv zeigte. Er selbst war schon lange nicht mehr dort gewesen. »Und das alles sollen wir digitalisieren?«, fragte Güler. »Das ist ja abartig.«

Nicht nur sprach Güler akzentfrei Deutsch, sie benützte auch Formulierungen, die Braun ihr nicht zutraute. Weil er sie unterschätzte, und das sollte er nicht. Er wusste es, aber es passierte ihm dennoch. »Bist du hier geboren?«, fragte Braun.

»Wir sind gekommen, als ich zehn Jahre alt war«, sagte Güler. »Du sprichst völlig akzentfrei.« – »Nur wenn ich mich für einen Job bewerbe, täusche ich einen Akzent vor«, sagte Güler. »Dann hat man bessere Chancen. Aber das ist jetzt vorbei.«

Braun nahm einen der schwarzen Kartons und öffnete ihn. »So schöne alte Mappen«, sagte Güler. »Archivordner natronbraun«, sagte Braun. In den Archivordnern waren Meldezettel aller Generationen versammelt. Braun zeigte Güler, wie die Meldezettel in den Achtzigerjahren ausgesehen hatten. Man kaufte Meldezettel damals noch in den Tabaktrafiken. Vier Zettel im A5-Querformat, zusammengeklebt. Die hinteren Zettel waren Durchschläge, und wenn man beim Schreiben nicht fest genug aufdrückte, konnte man den vierten und oft auch schon den dritten Durchschlag nicht mehr lesen.

Braun zeigte Güler einen Meldezettel, Güler runzelte die Stirn. »Wir müssen den Kontrast bei den Scannereinstellungen erhöhen, meinst du nicht?« Braun hätte gerne gelacht. Güler sah einen Meldezettel aus dem Jahr 1982 und dachte dabei nur an ihre Arbeit. Nichts schien sie mit dieser Zeit zu verbinden, mit diesem Jahr, mit dem Aussehen der Meldezettel damals. Güler war zu jung. Viel zu jung.

Im Mai 1982 wurde Braun von den Eltern abends in die Küche gerufen. Er hatte zuerst Mihavecz gespielt und sich dann unter seinem Bett versteckt. Braun hasste das Brüllen, und er hasste das Schweigen nach dem Brüllen. Denn das Schweigen nach dem Brüllen war das Schweigen vor einem noch lauteren Brüllen. Dazwischen weinte die Mutter.

Als Braun am Tisch Platz nehmen musste, war die Mutter sehr gefasst. »Der Papa wird ab nächster Woche woanders wohnen. Du kannst dir aussuchen, ob du bei ihm wohnen willst oder bei mir.« Schweigen. Michael Braun hatte nicht vor, darauf irgendetwas zu antworten. Er sagte aber dann doch etwas: »Ich will nicht.« – »Wenn du nichts sagst, bleibst du bei deiner Mutter«, sagte der Vater. »Hör doch auf, ihn zu beeinflussen«, sagte die Mutter. Und wieder ging es los.

»Hast du noch die Berechtigungsstufe für die Nachforschung?«, fragte Braun. Güler nickte. Sie legte den Meldezettel wieder in den Archivordner und den Archivordner wieder in den Karton zurück. Braun bewunderte ihre schlanken Finger und die dunkle Haut ihrer Hände. Gülers langes schwarzes Haar reichte bis zum Deckel des Kartons. Gülers gepflegtes Haar kam nun mit dem Staub der Siebziger-, Achtziger- und Neunzigerjahre in Berührung. »Kannst du für mich etwas im Computer nachschauen?« – »Mach es doch selbst«, sagte Güler. »Ich darf nicht, ich habe nicht dieselbe Berechtigungsstufe wie du.« – »Du weißt, dass das verboten ist«, sagte Güler. »Ich möchte nicht wegen dir gekündigt werden.« Braun schwieg.

Und auch damals im Mai 1982 schwieg Braun. Am Wochenende, hieß es, dürfe er entweder zur Mutter oder zum Vater, je nach Wunsch. Aber unter der Woche müsse er bei einem der beiden bleiben. »Was sagst du?«, fragte die Mutter. Braun schwieg. Und irgendwann sagte er: »Ich will sterben.«

»Warum beginnen wir mit BRA-BRE und nicht bei A-ABF?«, fragte Güler. Braun lachte. Er hatte einfach irgendeinen Karton zur Hand genommen. »Wir lassen uns die Kartons vom Hausdienst bringen. Komm, wir gehen«, sagte Braun. »Es ist so schön hier«, sagte Güler. »Es ist schön«, sagte Braun, »aber dein schönes Haar wird hier staubig.«

Braun ging nun mit Güler täglich in die Kantine zum Mittagessen. Früher hatte er es abgelehnt, in der Kantine zu essen. Mit den Kolleginnen war es noch schlimmer als mit den Kollegen, fand Braun. Die weiblichen Kollegen redeten überhaupt nur über die Arbeit.

»Isst du Schweinefleisch?«, fragte Braun. »Ich esse alles«, sagte Güler. Braun schwieg. Beide nahmen *Menü 1*: Bratwürste mit Sauerkraut. »Mahlzeit«, sagte Güler. Güler sagte gerne »Mahlzeit«. Meist verwendete sie es als Gruß. War Güler nun beleidigt? Braun hätte nicht nach dem Schweinefleisch fragen sollen. Er wusste es. Güler war keine Patriotin, das gefiel Braun. Güler war schön. Sie war stolz. Sie war auch trotzig. Das gefiel Braun. Einmal hatte sie zu ihm gesagt: »Die Türken sind die ärgsten Rassisten, die es gibt. Überhaupt jetzt mit dem Sultan.« Dabei betonte sie das Wort *Sultan* auf der letzten Silbe. Braun schwieg.

»Gut«, sagte Güler nach dem Essen, »ich schaue für dich nach, was du wissen möchtest. Aber nur dieses eine Mal. Und außerdem: Burn after reading!« Dabei hob sie den Zeigefinger und wartete auf seine Reaktion.

Am Nachmittag ging Güler zum Drucker. Sie kam mit dem Ausdruck zurück und legte ihn vor Braun auf den Schreibtisch. Braun wollte ihn an sich nehmen, aber Güler schüttelte den Kopf. »Nur lesen«, sagte sie. Der Name war richtig geschrieben: *Alies Schupp*. Die Adresse, *Einöde Nr. 4*, stimmte. Die Postleitzahl stimmte auch. Michael Braun nahm das Vergrößerungsglas zur Hand und betrachtete den Stempel: 9. Juli 1969. Er legte das Vergrößerungsglas wieder weg und schüttelte den Kopf.

»Das ist alles?«, fragte Braun. »Das ist das, was du suchst«, sagte Güler. »Gibt es denn keine späteren Einträge?«, fragte Braun. Güler schüttelte den Kopf. Sie zog den Ausdruck unter Brauns Hand wieder weg und ging zu dem kleinen Aktenvernichtungscontainer, der in ihrem Büro stand. Der Ausdruck verschwand in dem kleinen Schlitz des Containers.

Wenig später verließ Güler das Büro. »Mahlzeit«, sagte sie.

18. Täglich sprechen

Die andere, die neben Evelyn auf der Bank sitzt, schweigt auch die meiste Zeit. »Drei Wochen«, sagt sie dann, »drei Wochen ist schon was. Ist es dein erstes Mal hier?« – »Und dabei bleibt es auch«, antwortet Evelyn. Die andere schweigt. Dann rauchen beide.

»Hattest du Sex im letzten Jahr?« Sie ist schon sehr neugierig, denkt Evelyn. Aber warum nicht, man wird sich ja nicht mehr begegnen. Evelyn weiß nicht einmal, wie sie heißt. »Ich hatte einen Schwulen, der mich heiraten wollte, damit … damit er eben verheiratet ist. Dann hatte ich einen Verheirateten, der manchmal zu mir kommen wollte, um Sex zu haben. Und einen, der noch mehr gesoffen hat als ich. Der wollte immer, wenn er besoffen war, konnte aber nicht mehr.« Evelyn drückt die Zigarette aus und sucht vergeblich nach einer Möglichkeit, die Kippe wegzuwerfen. »Und ich wollte eine Frau küssen. Nur küssen. Sie wollte aber nicht.«

»Da spielt sich ganz schön was ab bei dir«, sagt die andere. »Bei mir war seit sechs Jahren nichts. Nichts.« Immer wieder sagt sie: »Nichts.« Und dann sagt sie: »Ich gehe spazieren.« Und weg ist sie.

ALFREDO: Heute auch nicht?
EVELYN: Abends.

ALFREDO: Warum nicht jetzt?
EVELYN: Ich bekomme Besuch.

Evelyn sieht Silvia schon von Weitem. Aber leider ist sie nicht allein. Dieser Ehemann von ihr ist auch dabei. Dieser Ehemann, der immer schweigt und dann, wenn er getrunken hat, plötzlich nichtschweigt. Aber wie!

Silvia winkt. Sie hat ein kleines Päckchen in der Hand. »Rumkugeln?«, fragt Evelyn und lacht. »Sehr witzig«, sagt Silvia. Man beschließt spazieren zu gehen. »Es ist wirklich schön hier«, sagt Silvia. »Und so viele Magnolien.«

Evelyn hat ein Blumenproblem. Es ist zwar kein großes Problem, nicht so groß wie ihr Alkoholproblem, nicht so groß wie ihr Männerproblem und nicht so groß wie ihr Mutterproblem, aber eben ein Problem. Sie weiß nicht, wie Magnolien aussehen. Sie mag Lilien nicht, weil sie stinken. Sie mag Tulpen nicht, weil sie sie an Lilien erinnern. »Danke, dass ihr mir keine Blumen gebracht habt, sondern nur diese Rumkugeln«, sagt Evelyn und lacht. Silvias Mann geht schweigend hinter ihnen. Evelyn findet das ein wenig seltsam. Warum ist er mitgekommen? Michael, so heißt er. Evelyn ist überrascht, dass ihr der Name eingefallen ist. Wenn sie trocken ist, ist ihr Gehirn doch leistungsfähiger.

»Ich finde es toll, dass du das machst«, sagt Silvia.

»Wirklich. Ich meine das ernst.« Evelyn lacht: »Sagt die Wirtin zur Säuferin.« – »Weißt du, wie alt Gastronomen in unserem Land durchschnittlich werden?«, fragt Silvia. Niemand antwortet, auch Michael Braun nicht, der die Antwort schon Hunderte Male gehört hat. »Neunundfünfzig. Neunundfünfzig Jahre. Gastwirtinnen und Gastwirte haben die kürzeste Lebenserwartung von allen Berufsgruppen in diesem Land.«

Nach zwei Runden durch den Garten setzen alle drei sich wieder auf eine Bank. Eine Schwester kommt. »Kommen Sie am Nachmittag?«, fragt sie. »In einer halben Stunde«, sagt Evelyn. Die Schwester geht wieder. Michael ist enttäuscht von der Kleidung der Schwestern. In dem Krankenhaus, in dem Onkel Kurt verstorben ist, war die Kleidung der Schwestern viel schöner. Er sollte ohnehin einmal dorthin und der Kubanerin ein Geschenk bringen. Hier gefällt ihm die Kleidung nicht. Und die Schwester hat ihm auch nicht gefallen.

»Ich bekomme nachmittags Medikamente. Und ich lege mich eine Stunde hin«, sagt Evelyn. »Dann stören wir nicht weiter«, sagt Silvia. »Nein, nein, ich schlafe nicht. Ich spreche mit Alfredo und deshalb glauben sie hier, dass ich wahnsinnig bin, und geben mir noch mehr Tabletten. Risperdal, Anafranil und wie das ganze Zeug heißt.«

»Wer ist Alfredo?«, fragt Silvia. »Alfredo Rampi,

der kleine Junge, der 1981 in einen Brunnen gefallen ist. Kannst du dich nicht erinnern?«, sagt Evelyn. »Ich kann mich erinnern«, sagt Michael. Sieh an. Er ist doch zu etwas gut, der Mann, der Herr Gemahl, der schweigende Vielredner.

»Ich habe einen Therapeuten«, sagt Evelyn. »Er schreibt, während ich mit ihm rede, in einen großen Notizblock. Ich habe versucht, ihn zu verführen, aber es ist mir nicht gelungen. Die Sache mit Alfredo versteht er nicht. Er sagt, ich muss unbedingt davon loskommen«, sagt Evelyn. »Aber ich brauche Alfredo. Seit 1981 spreche ich täglich mit ihm«, sagt Evelyn. »Denn jemand, mit dem man nicht täglich spricht, vergisst man. Man vergisst ihn, obwohl er neben einem lebt und vielleicht Hilfe braucht.«

Eine halbe Stunde später gehen Silvia und Michael. Auf dem Weg zum Taxistand redet Silvia ununterbrochen, aber Michael hört nicht zu. Er hat es seit Jahren verabsäumt, mit Silvia zu sprechen. Das ist der Grund. Das ist das Problem. Keine Paartherapie der Welt wird das Problem lösen.

Vor Kurzem war Silvia ein paar Tage in Italien, angeblich um irgendeinen Wein zu testen. Als sie ihn nach einem Buch gefragt hat, hat Michael ihr *Die Wahlverwandtschaften* von Goethe mitgegeben. Gleich am ersten Tag hat sie ihn angerufen und ihm einen Satz aus dem Roman vorgelesen. Es ist ein Satz, den Charlotte sagt, und Silvia hat ihn auch noch auf eine Postkarte geschrieben, die sie Michael aus Italien geschickt hat: *Und doch ist es in manchen Fällen notwendig und freundlich, lieber nichts zu schreiben als nicht zu schreiben.* So ist es auch mit dem Sprechen. Michael Braun sollte etwas sagen. Zum Beispiel jetzt, in diesem Moment: Es wäre besser, nichts zu sprechen als nicht zu sprechen.

19. Attachment vergessen

Silvia warf den Schlüsselbund auf das kleine Kästchen im Vorzimmer. Michael wollte gerade absperren, als Silvia sich zu ihm umdrehte und ihm eine Ohrfeige versetzte. Sie hatte dabei weniger seine Wange als sein Ohr getroffen. Immer hatte Michael Braun gedacht, das Wort *Ohrfeige* sei ein unpräziser Begriff. In diesem Fall war er präzise.

»Beruhig dich jetzt wieder«, sagte Michael Braun. »Es ist eine Therapie. Wenn man dort nicht die Wahrheit sagt, hat es gar keinen Sinn hinzugehen.« – »Ja, wirklich«, sagte Silvia. »Mit dir hat es keinen Sinn dort hinzugehen.«

Silvia setzte sich an den kleinen Sekretär im Vorzimmer. Sie hatte keinen Schreibtisch in der Wohnung, sie arbeitete an diesem winzigen Sekretär. Sie klappte den Laptop auf. »Ich lasse mich von dir scheiden, damit dir das klar ist«, sagte sie.

Sie sagte noch einiges, doch Michael beschäftigte sich damit, die Pflanzen zu gießen. Er besprühte manche von ihnen, steckte Düngestäbchen in die Erde und gab der Orchidee das wöchentliche Wasserbad. Einmal, als er an Silvia vorbeiging, sagte sie zu ihm: »Hast du gehört, was ich gesagt habe?« Braun sagte: »Frauen beherrschen einfach kein Singletasking – ich als Mann aber schon.« Und damit wandte er sich der kleinen Pappelfeige zu, die gedrahtet werden musste, und zwar genau jetzt, wie er eben beschlossen hatte.

»Es ist für alle besser, wenn du dich deinen Schönheiten widmen kannst, wie dieser … dieser neuen Kollegin«, sagte Silvia. »Ich weiß zwar nicht, was sie an dir finden, da du immer nur schweigst oder immer nur dieselben Geschichten von früher erzählst, wenn du nicht schweigst. Aber bitte, für das Meldeamt scheint das zu genügen. Deine Mutter wird schon wissen, warum das so ist. Sie hat sich ja auch scheiden lassen. Nur dich nimmt sie immer in Schutz.«

Silvia war für einige Minuten still. Dann begann sie wieder laut zu sprechen: »Ich weiß ja, was du an deinen dunkelhäutigen Damen so großartig findest: dass du sie nicht haben kannst. Das ist es, was dich reizt. Sobald du sie haben könntest, interessieren sie dich nicht mehr. Eigentlich bist du pervers. Diese Serbin in deinem Büro«, sagte Silvia, »diese Vesna hast du nur verehrt, weil sie dich ignoriert hat. Und je mehr sie dich ignoriert hat, desto mehr hast du sie verehrt. Hässlich war sie, wie die Nacht finster ist«, sagte Silvia.

Braun nahm die Drahtspule und setzte den ersten Draht an. Langsam wickelte er ihn um den Stamm. Meistens wurde er dabei ungeduldig. Er war ein erbärmlicher Gärtner.

»Musstest du das sagen, dass wir seit Monaten keinen Sex hatten?«, sagte Silvia. »Musstest du sagen, dass ich keine Lust auf Sex habe? Es stimmt nämlich gar nicht. Ich habe keine Lust auf Sex mit dir. Das ist die Wahrheit.« Braun nahm eine andere Drahtspule und begann von Neuem. »Das hättest du ja sagen können in der Therapie«, sagte Braun.

»Wir lassen diese Therapie sein, wenn du willst«, sagte Silvia. »Jetzt habe ich mich gerade daran gewöhnt«, sagte Michael Braun.

Der Laptop gab einen kurzen Signalton von sich. Silvia setzte sich an den Sekretär. Zora hat geschrieben: *Sorry, ich habe das Attachment vergessen.* »Das macht sie jedes Mal«, sagte Silvia.

Silvia tippte einige Minuten auf dem Laptop. Dann sprang sie auf, klappte ihn zu, zog sich Schuhe an und verließ die Wohnung, ohne sich von Michael zu verabschieden.

BRAUN: Das macht sie jedes Mal. Jedes Mal!
TINTORETTO: Beruhige dich!
BRAUN: Ich glaube, ich fahre nach Venedig.
TINTORETTO: Warum ausgerechnet Venedig?
BRAUN: Oder ich fahre mit Güler nach England und heirate sie dort.
TINTORETTO: Ist das gut oder schlecht?
BRAUN: Schlecht.
TINTORETTO: Warum?
BRAUN: Hast du Kinder gehabt, Meister Tintoretto?
TINTORETTO: Das weißt du doch besser als ich. Wer

hat denn seine Abschlussarbeit über mich geschrieben?

BRAUN: Ich habe meine Abschlussarbeit über dich eben nicht geschrieben.

Michael bog die Äste der Pappelfeige vorsichtig auseinander. Er wusste nicht mehr, wann er das Bäumchen zum letzten Mal mit dem Bonsaidünger versorgt hatte. Aber das war egal. Die Pappelfeige war ohnehin sehr pflegeleicht. Sonst wäre sie längst eingegangen.

20. Rauchen

Hilde sitzt am Fenster. So spät kommt er jetzt immer. Und jedes Mal aus dem Gasthaus. Früher hätte er sich mit den anderen Dorfbewohnern im Gasthaus nicht sehen lassen wollen. Stramm und sicher geht er immer noch. Aber er ist verroht. Verroht nicht durch das Leben in einem so kleinen Dorf, sondern verroht durch die Leichtigkeit, mit der er sein Unternehmen abwickeln, zu Geld kommen und sich viel Arbeit und viele Probleme vom Leib halten konnte. Alle haben mitgespielt. Das ist das Problem. Alle haben immer mitgespielt.

Hilde sitzt am Fenster. Manchmal winken Vorübergehende zu ihr hinauf. Sie hat keine Angst vor ihnen. Die kleinen Kinder kennt sie oft nicht mehr, kann sie den Familien nicht zuordnen. Hilde hat Angst um Michael. Er ist sentimental. Das ist gefährlich.

Hilde sitzt am Fenster. So lange hatte Michael gebraucht, endlich geheiratet zu werden. Sie erinnert sich, wie er als Kind neben ihr in der Küche saß und beide gemeinsam die nach einem Sommerregen menschenleere Dorfstraße betrachteten. Immer hatte sie andere für den Sommerregen schwärmen gehört, und sie hatte es niemals nachempfinden können. Denn Regen versetzte Hilde in die nachdenklichsten und düstersten Stimmungen. In einer solchen Stimmung fragte Michael sie als Kind, wie es dazu komme, dass sich Mann und Frau fänden, dass sie die Gewissheit hätten, dem Richtigen begegnet zu sein. Sie weiß nicht mehr, wie Michael seine Frage formuliert hatte, aber ihre Antwort ist ihr bis heute wörtlich in Erinnerung geblieben: »Du musst nichts tun. Es kommt alles ganz von alleine, du wirst schon sehen!«

Seltsam, dass sie dabei fast zu weinen begann. Sie küsste Michael auf die Schläfe. Es muss in den Siebzigerjahren gewesen sein, es müssen schöne Jahre gewesen sein. Doch wenige Tage später erfuhr sie von der Nachbarin, dass Michael ihre Worte nicht beachtet hatte. Er hatte gleich am nächsten Tag die Enkelin der Nachbarin gefragt, ob sie ihn heiraten würde. Die Enkelin der Nachbarin gab zur Antwort, dass das nicht möglich sei, weil sie um ein Jahr älter sei als Michael und also schon vor ihm Falten im Gesicht haben werde. Er müsse sich deshalb um eine andere Frau umschauen.

Aber noch etwas geschah zu dieser Zeit oder vielleicht ein wenig später. In derselben Position und derselben Stimmung an demselben Platz saßen Hilde und Michael am Fenster und blickten wortlos hinaus. Der Nachbarsjunge – er war vielleicht drei oder vier Jahre älter als Michael – ging eine Zigarette rauchend über die Straße. Und auch in diesem Fall kann Hilde exakt wiedergeben, was sie zu Michael sagte: »Jürgen ist jetzt schon ein richtiger Mann.« Michael folgerte daraus, dass das Rauchen für das Erwachsenwerden ein wichtiger Schritt sei. Mehr noch: dass er auch beim Rauchen gesehen werden müsse.

Ronald kam spät. Er setzte sich in die Küche und fragte nach einem Schnaps. Hilde stellte die Flasche mit dem Birnenbrand auf den Tisch und gab Ronald ein Glas. Hilde hoffte, Ronald würde einfach dasitzen und schweigen. »Wann ist Alexander gestorben?«, fragte er. »Vor fünf Jahren«, sagte Hilde. »Dein Sohn sieht ihm so ähnlich«, sagte Ronald. Er goss sich noch ein Glas Schnaps ein. »Mein Sohn hat einen Namen. Er heißt Michael«, sagte Hilde. »Und er sieht Alexander nicht sehr ähnlich.« – »Wie aus dem Gesicht geschnitten«, sagte Ronald. »Wie aus dem Gesicht geschnitten.« – »Wann hast du Michael denn das letzte Mal gesehen?«, fragte Hilde. Ronald kippte den Schnaps und schenkte noch einmal nach. Hilde nahm die Schnapsflasche und verschloss sie in einem kleinen Kästchen in der Küche. »Genug für heute.«

»Wann hast du Alexander geheiratet?«, fragte Ronald. »Das weißt du doch ganz genau. 1970«, sagte Hilde. »Die Mutter hat einen Stiefel genommen und ihn mir nachgeworfen, aus lauter Wut. Ich hatte nie Angst vor ihr. Ich habe auch keine Angst vor dir. Du hast vor mir geheiratet, Ronald, du weißt es ganz genau. Und ein Jahr lang hast du sie vielleicht auch geliebt. Oder es hat dir gefallen, dass sie gescheit war und schön und besonders. Nicht wie die Menschen hier. Die Schweinehirten, hat sie immer gesagt. Diese Schweinehirten. Und mein Mann ist auch nur so ein Schweinehirt.« Hilde begann damit, die Küche aufzuräumen. »Und jetzt geh, bitte.«

»Gib mir noch einen!« Ronald Schupp stand auf und ging auf das kleine Kästchen zu. Hilde stellte sich ihm in den Weg. »Trink woanders weiter.« Er stand vor ihr. Hilde hatte keine Angst. »Wie du dich gefürchtet hast vor den Russen, als Kind. Du warst so ein nettes Kind. Intelligent, ängstlich und hast mir immer geholfen. Kannst du dich noch erinnern? An die Buntstifte aus dem Geschäft oben?«

»Ich will noch einen Schnaps«, sagte Ronald. »Weißt du noch, wie die Löwen geheißen haben?«, fragte Hilde. »Ach, die Löwen. Diese Löwen! Ich habe dem Häusler das Leben gerettet. Stattdessen reden hier alle über die armen Tiere. Ich hätte sie lassen sollen. Sie hätten ihn umgebracht, diese armen Tiere. Überhaupt war das eine komische Zeit. Da haben komische Tierschützer Robbenbabys mit Lack besprüht. Und jeder hat das gut gefunden. Gib mir noch einen Schnaps!«

»Ein Glas Wasser kannst du haben«, sagte Hilde. Sie ging zur Spüle, nahm ein Glas aus der Kommode darüber und wollte es gerade mit Wasser füllen. In diesem Moment hörte Hilde einen mächtigen dumpfen Schlag. Als sie sich umdrehte, sah sie, dass Ronald am Boden lag.

21. Rettung

Der 19. Mai. Die Mutter rief an, sie schrieb kein SMS. Sie rief an. Ihre Stimme klang eigenartig langsam. »Er war hier und ist einfach umgefallen«, sagte sie. Braun konnte diesen Worten keine Bedeutung geben. »Was soll ich machen?«, fragte die Mutter. »Er liegt da.«

Michael Braun hatte seinen Zivildienst vor fast zwanzig Jahren abgeleistet, aber in diesem Moment funktionierte er, als habe er seine Ausbildung erst gestern gemacht. »Wer?«, fragte er. »Ronald«, sagte die Mutter. Sie meinte Dr. Schupp, und dass sie ihn in diesem Moment Ronald nannte und davon ausging, dass Braun sofort verstand, hätte verwirrend sein können. Braun aber befahl ihr, sofort die Rettung unter 144 zu rufen.

»Ich bin gleich bei dir«, sagte Braun. Glücklicherweise hatte Silvia den Lieferwagen ihrer Firma vor der Tür stehen. Ohne viele Erklärungen verlangte er den Schlüssel und sagte, er werde anrufen.

Nicht ganz eine Stunde später kam Braun an. Der Rettungswagen stand noch mit Blaulicht vor dem Haus, und natürlich hatten sich etliche Menschen aus dem Dorf versammelt. Dr. Schupp wurde erst jetzt mit der Bahre in den Krankenwagen getragen. Als Braun ins Haus kam, sagte einer der drei Rettungsmänner zur Mutter: »Machen Sie sich keine Hoffnungen, es sieht nicht gut aus.«

Eine Stunde, dachte Braun. Braun war es gleichgültig, ob Dr. Schupp starb. Wenn aber seine Mutter einmal in einer solchen Situation wäre, könnte sie sterben, ohne sterben zu müssen.

Die Mutter blickte Braun an. Sie war stumm. Gerade entfernten sich die Rettungsmänner vom Hauseingang. An der Garderobe, gleich neben der Eingangstür im Vorzimmer, hing eine beige Jacke. Braun betrachtete die Jacke. »Ist das seine Jacke?« Die Mutter nickte. Braun griff zuerst in die linke, dann in die rechte Jackentasche. In der rechten Tasche befand sich ein riesiger Schlüsselbund.

TINTORETTO: Gehen wir nachschauen?
BRAUN: Das kann ich doch jetzt nicht tun.
TINTORETTO: Wann denn? Willst du noch einmal dreißig Jahre warten?
BRAUN: Willst du mir jetzt die Schuld geben?
TINTORETTO: Nimm den Schlüssel. Wir gehen!

Braun nahm den Schlüsselbund und rannte. Der dritte Rettungsmann schloss gerade die Hecktüren. »Rufen Sie noch einen Krankenwagen und die Feuerwehr«, rief Braun. »Einöde Nr. 4, haben Sie gehört? Rettung und Feuerwehr in die Einöde Nr. 4.«

Und dann rannte Braun. Er rannte, und er erinnerte sich daran, wie oft er diesen Weg gegangen war. Er rannte und wunderte sich, wie schnell er diesen Weg zurücklegen konnte. Gut erinnerte er sich an die Grundausbildung beim Zivildienst. An den Feuerwehrmann, der eines Tages etwas erzählte, was Braun tief schockierte. »Glauben Sie mir«, sagte der Feuerwehrmann, »nicht einmal in meinem Leben habe ich Menschen aus Kellern, Dachböden oder anderen Verliesen befreit. Kinder, die in ihrem Leben das Tageslicht noch nie gesehen hatten. Kinder, die den Mond nicht kannten und die Sonne schon gar nicht. Aber nicht nur Kinder, auch Erwachsene werden jahrelang, jahrzehntelang in Kellern gehalten. Sie müssen auf diese Situation vorbereitet sein.« In diesem Moment, während der Grundausbildung zum Zivildienst, spürte Braun, wie etwas Warmes über seine Schenkel rann. Er stand auf und sackte sofort zusammen.

Möglicherweise war Alies seit zweiunddreißig, seit fast dreiunddreißig Jahren in einer solchen Situation. Und Michael Braun hatte in diesen dreiunddreißig Jahren keinen einzigen Versuch unternommen, zu helfen, wenigstens nachzuschauen oder sich zumindest die Frage zu stellen, wo Alies geblieben sein konnte. Wie rasch hätte ihr damals geholfen werden können. Wie einfach. Wie wenig Mut hätte es erfordert.

Braun lief und sah bereits die Brache, wo sich in seiner Kindheit das Löwengehege befunden hatte. Keine Angst jetzt. Braun rannte auf das Haus zu.

Evelyn hatte recht gehabt: Jemand, mit dem man nicht täglich spricht, vergisst man. Man vergisst ihn, obwohl er vielleicht ganz in der Nähe ist. Obwohl er vielleicht Hilfe braucht.

Und jetzt erinnerte sich Braun daran, dass die Löwen Rico und Sarah hießen und der Vater immer gesagt hatte, es sei absurd, dass jemand wie der Häusler, der im Gasthaus immer noch stolz erzählte, dass er ein Hitlerbild im Keller hängen habe, seine Löwin Sarah nannte. Gott sei Dank ist der Häusler tot, dachte Braun. Er hatte immer nur Angst vor dem Häusler gehabt.

Jahrzehntelang hatte er sich in Erinnerungen an Küsse verloren und diesen einen Gedanken nicht gedacht. Wie konnte irgendjemand auf dieser Welt Hilfe erwarten, wenn schon aus der nächsten Umgebung niemand in der Lage war, sich um einen zu sorgen. Und er, Michael Braun, war nicht besser als die anderen. Im Gegenteil, er war noch ein Stück feiger und gleichgültiger.

Vor dem Haus blieb er keuchend stehen. An Dr. Schupps Schlüsselbund befanden sich viele Schlüssel, bestimmt dreißig. Braun war außer Atem und probierte Schlüssel um Schlüssel. Bald fand er einen und konnte tatsächlich ein Schloss aufsperren, sah aber sofort, dass die Eingangstür des Hauses noch ein zweites Schloss hatte. Immer wieder trat Braun gegen die Tür. Nach einiger Zeit hatte er den zweiten Schlüssel gefunden und war im Haus. Er suchte nach dem Lichtschalter.

Sofort ging die Alarmanlage los. Braun war zu aufgeregt, um zu überlegen, wie er den Alarm deaktivieren könnte. Er durchsuchte bereits Küche und andere Zimmer und stellte fest, dass das Haus ganz anders aussah als früher.

Im gesamten Wohnbereich konnte Michael Braun Alies nicht finden. Als er ins Vorzimmer zurückging, sah er durch die Eingangstür, die er offen hatte stehen lassen, dass sich ein paar Menschen davor versammelt hatten. Typisch für die Schweinehirten. Sie dachten, er sei ein Einbrecher, aber waren zu feige, ins Haus zu kommen. Er rief ihnen zu: »Die Polizei ist bereits informiert. Helfen Sie mir doch bitte suchen. Alies Schupp wird seit dreiunddreißig Jahren in diesem Haus festgehalten.« Doch niemand kam.

Braun durchsuchte die Garage, den Keller und den Dachboden. Er suchte nach versteckten Türen oder Abgängen, Verschlägen oder Luken. Er wusste nicht, wie lange seine Suche schon dauerte. Zwei Polizisten standen neben ihm. Man forderte ihn auf, nach draußen zu gehen. Braun verließ das Haus Einöde Nr. 4. Die Mutter stand dünn bekleidet neben dem Polizeiauto. Ihr Blick war immer noch derselbe wie vorhin, als die Rettung Ronald Schupp aus ihrem Haus abtransportiert hatte.

22. Kali Yuga

Wie immer kommt Anton zu spät. Gudrun mag die Art, wie er sich bewegt. Sie findet, dass sie einen schönen Sohn hat. Es ist warm genug, um nur ein T-Shirt zu tragen. 1,81 ist er groß. Er ist schlank. Das hat er alles von ihr.

Gudrun möchte Anton die Zeichnung auf dem Flakturm zeigen. Zwei in naivem Stil gezeichnete Männchen. Gudrun denkt dabei immer an Außerirdische. Der Linke hat eine Trommel vor dem Bauch, und auf dem Fell dieser Trommel steht in Sanskrit *Kali Yuga* geschrieben. »In den klassischen indischen Schriften ist Kali Yuga das Zeitalter des Verfalls«, sagt Gudrun. »Also jetzt«, sagt Anton. Und dann lachen beide. »Ja, genau jetzt.«

Anton möchte nicht Indologie studieren wie seine Mutter. Das macht Gudrun nichts aus. Sie bedauert nur, dass sie die Indologie aufgegeben und an der Wirtschaftsuniversität weiterstudiert hat. Jetzt ist sie Steuerberaterin. Wie langweilig! Gudrun und Anton gehen um den Flakturm herum, doch statt der Zeichnung sehen sie grauen Beton. An der hellen, aufgescheuerten Fläche an der Turmwand erkennt Gudrun, wo sich die Zeichnung befunden hat.

Ein kleiner Junge auf einem Fahrrad steht neben dem Zaun, der verhindert, dass man in die Nähe der Turmmauer gelangen kann. »Haben die die Zeichnung weggewaschen?«, fragt Gudrun. »Ja, gestern«, sagt der Junge.

Sein Akzent klingt jugoslawisch, denkt Gudrun. Natürlich darf man nicht jugoslawisch sagen, denkt Gudrun. »Zwei Männer sind gekommen«, sagt er. »Was sagst du dazu«, sagt Gudrun zu Anton. »An dem Tag, an dem ich dir diese Zeichnung zeigen will, ist sie weg.« – »Gestern«, sagt der kleine Junge auf dem Fahrrad. »Gestern.«

Gudrun und Anton gehen zu einer Parkbank. Der kleine Junge mit dem Fahrrad fährt ihnen nach. Vor ihrer Parkbank tritt er stärker in die Pedale, bremst abrupt und zieht im Kies eine Schleifspur. »Gehen wir ins Café?«, fragt Anton.

»Wo ist der andere Turm?«, fragt der kleine Junge. »Der Feuerleitturm«, sagt Gudrun. »Du musst hier entlangfahren.« – »Das weiß er doch bestimmt«, sagt Anton. »Der ist doch den ganzen Tag hier und beobachtet alles.« – »Hier entlang?«, fragt der kleine Junge. »Dort. Siehst du den Weg zwischen den Büschen?«

Der kleine Junge fährt mit dem Fahrrad davon. Gudrun fährt Anton durch sein Haar. Er wehrt sich nicht. Sie hat immer Angst davor, dass er ihre Berührung ablehnt. »Wie geht es Michael?«, fragt Anton. »Ich weiß nicht«, sagt Gudrun. »Lass mich noch eine rauchen, dann gehen wir.«

Einmal war Gudrun vor dem Flakturm gestanden und hatte ein Pärchen beobachtet, wahrscheinlich zwanzig Jahre alt oder sogar älter. Sie betrachteten den Turm lange und gingen nicht weiter. »Was ist das für ein Turm?«, fragte der Mann. »Ich weiß nicht«, antwortete die Frau, »aber das ist ein cooler Turm.«

»Du weißt schon, wozu der Flakturm da war, oder?«, fragt Gudrun. »Mama, bitte nicht, wir sind nicht auf der Uni«, sagt Anton. Der kleine Junge mit dem Fahrrad kommt zurück. Er steht da und schweigt. »Hast du den anderen Turm gefunden?«, fragt Gudrun. Der Junge nickt.

Gudrun und Anton stehen auf und gehen auf das Parkcafé zu. Gudrun hängt sich bei Anton ein. »Wie geht es Michael?«, fragt Anton zum zweiten Mal. Gudrun lacht. »Ich weiß nicht. Du kennst ihn doch. Er redet nicht viel. Und wenn, dann erzählt er diese Fußballgeschichten. Oder er fragt mich: Weißt du noch, wer Jürgen Sparwasser war?« Anton lacht. »Sparwasser, was für ein herrlicher Name.« – »Ja«, sagt Gudrun. »Aber Michael heißt Michael Braun.«

Gudrun schaut Richtung Eingangstür, in diesem Moment sieht sie Michael aus dem Café kommen. Doch er ist nicht allein. Leider sieht Gudrun in letzter Zeit sehr schlecht. Aber sie erkennt die Frau neben Michael. Die beiden gehen in den Park hinein. Natürlich. Das ist die Lokalbesitzerin, die sie auf der Silvesterparty kennengelernt hat, die jetzt ihre Kundin in der Kanzlei ist.

»Hast du ein Taschentuch dabei?«, fragt Gudrun. Sie will Anton ablenken, damit er Michael und Silvia nicht sieht. Jetzt ist Gudrun auch ihr Name eingefallen.

Im Café bestellt Gudrun Weißwein, ihr Sohn nur Wasser. »Trinkst du immer noch keinen Alkohol?« Anton schüttelt den Kopf. »Nie?«, fragt Gudrun. »Nie«, sagt Anton. »Auch nicht auf Partys?« – »Alkohol ist sehr schädlich.« – »Aber du könntest dir einen Kaffee bestellen«, sagt Gudrun. »Ich bleibe bei Wasser«, sagt Anton.

»Ich finde, es sollte viel weniger Alkohol getrunken werden, verstehst du? Da verdienen nur große Firmen daran und machen Millionen Leute kaputt.« Gudrun kennt die Predigten ihres Sohnes. Gegen Großkonzerne, gegen die Lebensmittelindustrie, gegen Banken, gegen Regierungen. Diese Diskussionen können sehr anstrengend werden. Anton hat ein App auf seinem Mobiltelefon, mit dem er feststellt, ob bestimmte Produkte zulässig sind oder nicht. Gudrun will ihn gar nicht fragen, ob er etwas zu essen bestellen möchte.

»Und wer war also dieser Sparwasser?«, fragt Anton einmal. »Ach«, sagt Gudrun, »ich habe es schon vergessen. Irgendein Deutscher, der einmal ein wichtiges Tor geschossen hat. Schaust du Fußball?« – »Nein, das ist Volksverdummung«, sagt Anton.

»Das Zeitalter des Verfalls hat schon längst begonnen«, sagt Anton. Gudrun und Anton sitzen fast drei Stunden im Café und unterhalten sich. Dann zahlt Gudrun. Sie umarmt Anton. Er geht, ohne sich nach ihr umzudrehen.

Gudrun ist unschlüssig. Soll sie noch einmal in den Park gehen? Soll sie im Café sitzen bleiben? Oder doch nach Hause? Eigentlich, denkt Gudrun, ist *Zeitalter des Verfalls* keine gute Übersetzung von Kali Yuga.

23. Die Taube

Seit Langem wusste Michael Braun, dass seine Mutter in der Lage war, ein SMS zu schreiben. *Geht es dir gut? Ich mache mir große Sorgen*, so schrieb sie. Der Lärm vor dem Fenster schreckte Braun auf. Er erhob sich und blickte hinaus. Ein Einsatzwagen der Feuerwehr war direkt unter seinem Bürofenster stehen geblieben. Feuerwehrleute rannten auf und ab, die Polizei hatte die Straße bereits abgesperrt. Aber Braun sah keinen Rauch.

Minutenlang beobachtete er, wie die Leiter des Einsatzfahrzeuges ausgezogen wurde. Bald konzentrierte sich sein Blick auf das oberste Geschoss des gegenüberliegenden Hauses. Dorthin wollte die Feuerwehr offenbar. Aber noch immer war weder Feuer noch Rauch zu sehen.

Dr. Schellander betrat das Büro, ohne zu klopfen. »Haben Sie gesehen, Braun? Haben Sie die Feuerwehr gesehen? Wissen Sie, was die Ursache für diesen Feuerwehreinsatz ist?«, fragte Dr. Schellander. Er hatte einen Feldstecher in der rechten Hand und hielt ihn Braun hin. »Sehen Sie doch einmal genau, rechts oben direkt unter dem Dach.«

Braun stellte sich ans Fenster und blickte durch den Feldstecher. »Weiter nach rechts«, wies ihn Dr. Schellander an. »Sehen Sie die Taube? Sie hat sich in einer Schnur verfangen. Oder einem Draht.«

Michael Braun hatte die Taube entdeckt. Sie versuchte aufzusteigen, aber ein Bein hing fest. »Und wegen so etwas wird die Feuerwehr gerufen«, sagte Dr. Schellander. »Und nun stehen alle meine Mitarbeiterinnen und Mitarbeiter am Fenster und schauen mit Feldstechern hinaus. Wieso haben alle Mitarbeiter Feldstecher in ihren Schreibtischladen?«, fragte Dr. Schellander. »Wie oft wird denn mit dem Feldstecher aus dem Fenster geschaut?«

»Also, ich habe keinen Feldstecher«, sagte Michael Braun. »Diesen Feldstecher«, sagte Dr. Schellander, »hat mir die Kollegin Katschnig gegeben. Sie habe ohnehin einen zweiten, hat sie gesagt. Wie weit sind wir denn nun?«, fragte Dr. Schellander. »Die Leiter ist nun fast dort, wo sie sein soll«, sagte Braun. »Nein, ich meine mit der Digitalisierung der Altbestände«, sagte Dr. Schellander.

Dr. Schellander ging im Zimmer auf und ab. Er blickte weder aus dem Fenster noch kam er in dessen Nähe, um einen Blick auf das Spektakel zu werfen, das inzwischen von Hunderten Schaulustigen beobachtet wurde. »Ich verlasse mich auf Sie, Braun. Ich muss mich auf Sie verlassen.«

Braun hatte nicht zugehört, denn er verfolgte, wie ein Feuerwehrmann die Leiter hinaufkletterte. Dr. Schellander stellte sich neben Braun.

»Und das alles wegen einer Taube«, sagte Dr. Schellander und schüttelte den Kopf. »Aber Sie wissen doch, Herr Doktor«, antwortete Braun, »dass in diesem Land nicht nur Löwen und Geländewagen mehr zählen als Menschen, sondern auch Vögel. Können Sie sich nicht mehr an den berühmten Gimpel Seppi erinnern?« – »Wie meinen Sie das?«, sagte Dr. Schellander. »Ich habe auch einen Geländewagen.«

Braun beschloss zu schweigen. »Wo ist denn eigentlich Ihre neue Kollegin?«, fragte Dr. Schellander. »Auf Mittagspause«, antwortete Braun. »Auf Mittagspause? Um 11:30 Uhr! Und um 14:30 Uhr macht sie dann wahrscheinlich Dienstschluss. Jetzt geben Sie mir doch auch einmal den Feldstecher und nehmen Sie gefälligst Ihren eigenen.«

Dr. Schellander nahm Braun den Feldstecher ab und betrachtete die Menschenmenge, die sich auf der Straße versammelt hatte. Immer mehr waren es geworden in der letzten halben Stunde. »Braun, wir haben gesagt, dass Sie die Kollegin einschulen. Wir haben gesagt, dass Sie beide dieses Projekt in zwei Jahren abschließen. Haben Sie Ergebnisse?«

»Wir werden, lieber Herr Dr. Schellander, den veranschlagten Umsetzungszeitraum nicht nur einhalten, sondern sogar unterschreiten.« Dr. Schellander drehte sich zu Michael Braun und übergab ihm den Feldstecher. »Aber …«, sagte Braun. »Aber?« – »Wir müssen«, sagte Braun, »leider feststellen, dass der analoge Bestand bis Anfang der Achtzigerjahre äußerst lückenhaft ist.«

Nun hatte der Feuerwehrmann die Spitze der Leiter erreicht. Er hantierte mit Handschuhen neben der Taube. »Was macht er denn?«, sagte Dr. Schellander. »Braun, was macht der Mann?« Nach längerer Zeit hielt der Feuerwehrmann die Taube in seinen Feuerwehrhandschuhen. Er drehte sich auf der Leiter zum Publikum auf der Straße, hob die Hände vor seinem Kopf bis über die Stirn und warf die Taube dem Himmel entgegen, wobei er seine Arme dramatisch ausstreckte.

Die Taube stürzte die Höhe der vier Stockwerke samt Mezzanin nach unten und landete vor dem Einsatzfahrzeug auf dem Asphalt, wo sie erst noch ein wenig zuckte und dann reglos liegen blieb.

Ein Teil der Menge verlor sich gleich wieder, andere begannen, den Abzug der Feuerwehr mit Buhrufen zu begleiten. »So etwas Unnötiges«, sagte Dr. Schellander, »diese Tierrettung. Wo kommen wir denn hin, wenn Tiere mehr zählen als Menschen?«

Dr. Schellander riss Michael Braun den Feldstecher aus der Hand. »Braun«, sagte er und drückte den Zeigefinger in Brauns Schlüsselbein, »Sie archivieren, was vorhanden ist. Das ist Ihre Aufgabe. Den Rest überlassen Sie mir!«

In diesem Moment betrat Güler den Raum. Sie lächelte. »Mahlzeit!« Dr. Schellander schaute Güler mit aufgerissenen Augen an. »Mahlzeit«, sagte Dr. Schellander und verließ das Büro.

Braun setzte sich an den Schreibtisch. Auch Güler setzte sich, und lange wurde nicht gesprochen. »Wie weit bist du mit 1984?«, fragte Braun irgendwann. Güler blickte vom Bildschirm auf und sah Michael lange in die Augen. »Seltsam, nicht wahr«, sagte Güler. »George Orwell dachte 1948, dass 1984 in einer fernen Zukunft liegt. Im Moment archivieren wir die Akten des Jahres 1984. Und wenn wir fertig sind, wird 1984 schon vergessen sein.«